U0947956

精美散文诗
最新读本

主编 王兆胜 张清华 李 敏

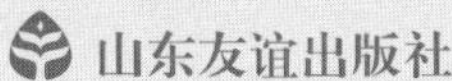

山东友谊出版社

目录

中国卷

目录

外国卷

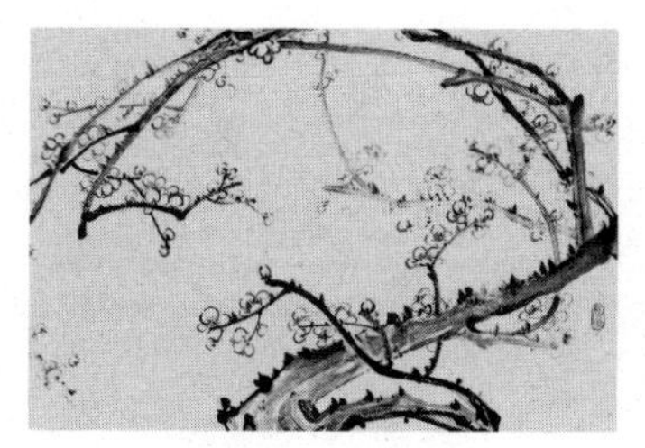

中国卷

雪

鲁迅

暖国的雨，向来没有变过冰冷的坚硬的灿烂的雪花。博识的人们觉得他单调，他自己也以为不幸否耶？江南的雪，可是滋润美艳之至了；那是还在隐约着的青春的消息，是极壮健的处子的皮肤。雪野中有血红的宝珠山茶，白中隐青的单瓣梅花，深黄的磬口的蜡梅花；雪下面还有冷绿的杂草。蝴蝶确乎没有；蜜蜂是否来采山茶花和梅花的蜜，我可记不真切了。但我的眼前仿佛看见冬花开在雪野中，有许多蜜蜂们忙碌地飞着，也听得他们嗡嗡地闹着。

孩子们呵着冻得通红，像紫芽姜一般的小手，七八个一齐来塑雪罗汉。因为不成功，谁的父亲也来帮忙了。罗汉就塑得比孩子们高得多，虽然不过是上小下大的一堆，终于分不清是壶卢还是罗汉；然而很洁白，很明艳，以自身的滋润相粘结，整个地闪闪地生光。孩子们用龙眼核给他做眼珠，又从谁的母亲的脂粉奁中偷得胭脂来涂在嘴唇上。这回确是一个大阿罗汉了。他也就目光灼灼地嘴唇通红地坐在雪地里。

第二天还有几个孩子来访问他；对了他拍手，点头，嘻笑。但他终于独自坐着了。晴天又来消释他的皮肤，寒夜又使他结一层冰，化作不透明的水晶模样；连续的晴天又使他成为不知道算什么，而嘴上的胭脂也褪尽了。

但是，朔方的雪花在纷飞之后，却永远如粉，如沙，他们决不粘连，撒在屋上，地上，枯草上，就是这样。屋上的雪是早已就有消化了的，因为屋里居人的火的温热。别的，在晴天之下，旋风忽来，便蓬勃地奋飞，在日光中灿灿地生光，如包藏火焰的大雾，旋转而且升腾，弥漫太空，使太空旋转而且升腾地闪烁。

在无边的旷野上，在凛冽的天宇下，闪闪地旋转升腾着的是雨的精魂……是的，那是孤独的雪，是死掉的雨，是雨的精魂。

在鲁迅的散文诗集《野草》中，多数作品充满阴暗、破裂、激越的格调，而明朗、圆润、雍容的作品则较少，《雪》就是后一类作品的代表。它如暴风骤雨后天边的一道美丽的彩虹，从鲁迅的心中绽放，也在读者的心中闪烁。

色彩的巧妙运用是这个作品的迷人之处，作家仿佛是一位丹青高手，他稍作点染即给我们呈现出一幅醉人的水墨山水画。作品题目为“雪”，于是写其“洁白”得“如粉”，是“处子的皮肤”，这就为整个创作铺展开一张硕大无朋的“白纸”。接着，作者开始施彩，他写道：“雪野中有血红的宝珠山茶，白中隐青的单瓣梅花，深黄的磬口的蜡梅花；雪下面还有冷绿的杂草。”这是以山茶花、梅花和杂草之“红”与“绿”来点染，极其自然朴实。作者又写道：“孩子们呵着冻得通红，像紫芽姜一般的小手，七八个一齐来塑雪罗汉。”这里用玩雪的“孩子”以及他们“通红”的小手绘色，给画面增添了人的色调、生活的气息和孩子的童趣。作者还写道：“孩子们用龙眼核给他做眼珠，又从谁的母亲的脂粉奁中偷得胭脂来涂在嘴唇上。这回确是一个大阿罗汉了。他也就目光灼灼地嘴唇通红地坐在雪地里。”这是借孩子给白雪罗汉涂脂，极其微妙地传达了作者高超的艺术技巧。这样，通过自然的花色、孩子受冻的手色、孩子给雪罗汉嘴唇涂胭脂这三个层次，雪的洁白就更加夺目和活灵活现了。“红”与“白”两种颜色，在中国文化中具有深厚复杂的内蕴，其中“红白喜事”之说最具代表性。所以，鲁迅称“白雪”是“死掉的雨，是雨的精魂”，就不是没有哲学意蕴的了。而另一方面，鲁迅又施以“红色”，也就有了新生的内在寓意，尤其以“孩子”为“红色”之代表。

比喻是本文的另一特色。此虽一篇不足千字之文，但鲁迅多用巧比妙喻，于是使全文在朴实平淡中顿生光彩。如将“白雪”比成“处子的皮肤”，将“宝珠山茶”比成“血红”，将孩子的冻得通红的手比作“像紫芽姜一般”，将纷飞之雪比成“如粉，如沙”，将日光中旋飞的雪比成“如包藏火焰的大雾”，将白雪比成“雨的精魂”，这些比喻成为作品“画龙点睛”之笔，是一些难得的细节描写，反映了鲁迅对生活细节描写的驾轻就熟及其敏锐细致的观察力。有人说，好的文章离不开精妙的细节，从本文可见鲁迅对细节把握和运用的能力。

作品的节奏也值得一提。一种是“慢”，它是整个作品的基调，比如如粉如沙的雪花在“纷飞”之时，在“旋转升腾着”的时候，像是一种慢镜头向读者推动过来。还有作品叙事的节奏慢，这既表现在画面的切换上，又表现在语言的运用上。如先写雪，后写孩子塑雪罗汉，再写雪，再写雪的精魂。又如，作者往往喜用多个词来修饰“主格”，从而使语言的表达舒缓有致，像这样的句子：“暖国的雨，向来没有变过冰冷的坚硬的灿烂的雪花。”一个“雪花”前竟有三个修饰词，从而使句子节奏变缓。另一种是“快”，它是整个作品的主调，像雪中的“孩子”，他们塑雪罗汉、涂脂、拍手、点头、嬉笑，都是些快镜头，仿佛在雪地里跳跃的小鸟。虽然作者在此用墨不多，孩子欢呼雀跃的神情却跃然纸上。这是散文诗节奏快速变幻、反差较大的一个突出特点。

表面上看，《雪》是平淡自然、从容不迫、快乐和平的，但作品的深层仍包裹着一种难以名状的沉重感，一种对于人生、生命，尤其是对于“生和死”的感兴，从而将作品提升到一个形而上的哲学境界。就如作者在结尾处所言：“是的，那是孤独的雪，是死掉的雨，是雨的精魂。”是的，人生的彩虹何尝不是如此？它在遥远的天际光彩夺目，然而，很快就会在天地间悄然消失。

（王兆胜）

生机

沈尹默

枯枝上的残雪，渐渐都消化了；那风雪凛冽的余威，似乎敌不住微和的春气。

园里一树山桃花，他含着十分生意，密密的开了满枝。

不但这里，桃花好看，到处园里，都是这般。

刮了两日风，又下了几阵雪。

山桃虽是开着，却冻坏了夹竹桃的叶，地上的嫩红芽，更僵了发不出。

人人说天气这般冷，草木的生机恐怕都被挫折；谁知道那路旁的细柳条，他们暗地里却一齐换了颜色！

这是一篇冬尽春来的风景画。它的文字虽少，篇幅虽短，却有一个首尾照应、“一波三折”的圆满结构。作者开始写残冬抵不住春意，春色满园关不住，最有代表性的是山桃花烂漫地开着；后写春寒袭来，有风有雪，夹竹桃的叶子冻了，地上的嫩红芽僵着发不出；结尾处写虽有严寒与挫折，但春天终归

是谁也挡不住的，因为路旁的细柳条一齐换了颜色。这一结构方式令人想到书法中的“之”字，看似散淡，实则紧凑有致。

沈尹默是著名书法家，他对王羲之书法《兰亭集序》中多个“之”字各不相同的写法一定了然于心，对书法之道更是颇多心会，他浑然一体的文章章法定是得益于此。

文章发表于1918年，正值五四运动前夕，因此，这篇题名《生机》的文章也就有了深意：它以自然写社会人生，写革命力量虽还薄弱，但反动势力已成强弩之末。如文末说：“人人说天气这般冷，草木的生机恐怕都被挫折；谁知道那路旁的细柳条，他们暗地里却一齐换了颜色！”显然，这句话里是有寓意的。

（王兆胜）

水墨画

郭沫若

天空一片灰暗，没有丝毫的日光。

海水的蓝色浓得惊人，舐岸的微波吐出群鱼喋噏的声韵。

这是暴风雨欲来时的先兆。海中的岛屿和乌木的雕刻一样静凝着了。

我携着中食的饭匣向沙岸上走来，在一只泊系着的渔舟里面坐着。一种淡白无味的凄凉的情趣——我把饭匣打开，又闭上了。

回头望见松原里的一座孤寂的火葬场。红砖砌成的高耸的烟囱口上，冒出了一笔灰白色的飘忽的轻烟……

作为诗人的郭沫若在这篇文章中淋漓尽致地发挥了自己的直觉感受力。

一是对色彩的高度敏感。作者先写“天空”，这是一片“灰暗”，“没有丝毫的日光”；次写“海水”，它的“蓝色浓得惊人”；再写“海中的岛屿”，它像“乌木”一样漆黑；最后写“火葬场”，这里有“红砖”砌成的烟囱，还有从中冒出的

"灰白色"的轻烟。这种由多层次的色彩构成的画面，浓艳炫目、变化多姿，让人想到凡高笔下的色彩世界。

二是对意象的形象塑造。作品中主要有三个意象最为动人：其一是写海水中的"微波"，作者用"舐岸"和"吐出群鱼喋喻的声韵"来描绘；其二是写"岛屿"，作者用"和乌木的雕刻一样静凝着"来形容；其三是写"烟囱"，作者用"冒出了一笔灰白色的飘忽的轻烟"来表述。这都是恰如其分的比喻，也是一个个意象的创造，反映了作者惊人的才华，对于表现作品主题也是颇有意义的。当然，这三个意象是具体可感的，属于分意象；全文还有一个抽象的、总体的意象，这就是"孤独寂寞"，作品的气氛都是围绕这一意象展开的。

还值得一提的是，作者这种直觉的获得，主要是靠目光的转移来实现的。一个视角是正视，即面对大海的天地俯仰；另一个是反观，即"回头望"松原里的火葬场。这就赋予了作品不同的叙事方式和不同的层次变化，避免了单一、呆板与狭隘的局限。

丰富变化的直觉感受力使《水墨画》极富灵性、灵动、灵气之美。

（王兆胜）

春底林野

许地山

春光在万山环抱里，更是泄露得迟。那里底桃花还是开着；漫游的薄云从这峰飞过那峰，有时稍停一会，为的是挡住太阳，教地面底花草在它底荫下避避光焰底威吓。

岩下底荫处和山溪底旁边满长了薇蕨和其它凤尾草。红、黄、蓝、紫的小草花点缀在绿茵上头。

天中底云雀，林中底金莺，都鼓起它们底舌簧。轻风把它们底声音挤成一片，分送给山中各样有耳无耳的生物。桃花听得入神，禁不住落了几点粉泪，一片一片凝在地上。小草花听得大醉，也和着声音底节拍一会倒，一会起，没有镇定的时候。

林下一班孩子正在那里捡桃花底落瓣哪。他们捡着，清儿忽嚷起来，道："嗄，邕邕来了！"众孩子住了手，都向桃林底尽头盼望。果然邕邕也在那里摘草花。

清儿道："我们今天可要试试阿桐底本领了。若是他能办得到，我们都把花瓣穿成一串璎珞围在他身上，封他为大哥如何？"

众人都答应了。

阿桐走到邕邕面前，道："我们正等着你来呢。"

阿桐底左手盘在邕邕底脖上，一面走一面说：“今天他们要替你办嫁妆，教你做我底妻子。你能做我底妻子么？”

邕邕狠视了阿桐一下，回头用手推开他，不许他底手再搭在自己脖上。孩子们都笑得支持不住了。

众孩子嚷道：“我们见过邕邕用手推人了！阿桐赢了！”

邕邕从来不会拒绝人，阿桐怎能知道一说那话，就能使她动手呢？是春光底荡漾，把他这种心思泛出来呢？或者，天地之心就是这样呢？

你且看：漫游的薄云还是从这峰飞过那峰。

你且听：云雀和金莺底歌声还布满了空中和林中。在这万山环抱的桃林中，除那班爱闹的孩子以外，万物把春光领略得心眼都迷蒙了。

本文的核心词是“天地之心”。作者围绕这个而展开细致入微的描写。春光、自然万物、童真的孩子，以及作者的心绪等，都跃动、蓬勃、飞翔、迷蒙和沉醉了，这是“天地之心”的感悟与飞扬。与过于强调“人”的力量不同，此文是注重天地感悟的，是注重探入“天地”的大道的，因此，就有了天地道心，有了楚楚动人的笔致与情思。

“博爱”的情怀是这篇作品的最大亮点。与某些中国现当代作家笔下的“暴力”描写不同，许地山有宗教情结，所以他的笔下满是温暖与柔情。这不仅表现在人与人之间，更表现在人与物、物与物上，这是可以承载天地的一种博爱仁慈。作者写“漫游的薄云从这峰飞过那峰，有时稍停一会，为的是挡住太阳，教地面底花草在它底荫下避避光焰底威吓”。游云爱惜着花草，以自己的羸弱之身为其遮蔽烈日，这是天地间最伟大的博爱精神，也是作者境界高远之处。

有了对天地之心和天地大道的理解，作者才能观察得细致和深入，能听到天地的心语，能与一草一木一同歌唱与悲鸣。作者写道：“天中底云雀，林中底金莺，都鼓起它们底舌簧。轻风把它们底声音挤成一片，分送给山中各样有耳无耳的生物。桃花听得入神，禁不住落了几点粉泪，一片一片凝在地上。小草花听得大醉，也和着声音底节拍一会倒，一会起，没有镇定的时候。”这不仅是运用了拟人的修辞手法，更是一种“天地之心”的外现。当作家将“人”看成与“物”同样的“生命”存在时，他就可以超越这样的局限：人是万物的主宰，人是高高在上的，而其他一切生物都是卑贱渺小的。

天地之心、天地大道、博爱与仁慈，使这篇文章与众不同、超凡脱俗，有着高远的境界、品位和趣味。

（王兆胜）

常州天宁寺闻礼忏声

徐志摩

有如在火一般可爱的阳光里，偃卧在长梗的，杂乱的丛草里，听初夏第一声的鹧鸪，从天边直响入云中，从云中又回响到天边；

有如在月夜的沙漠里，月光温柔的手指，轻轻的抚摩着一颗颗热伤了的砂砾，在鹅绒般软滑的热带的空气里，听一个骆驼的铃声，轻灵的，轻灵的，在远处响着，近了，近了，又远了……

有如在一个荒凉的山谷里，大胆的黄昏星，独自临照着阳光死去了的宇宙，野草与野树默默的祈祷着，听一个瞎子，手扶着一个幼童，铛的一响算命锣，在这黑沉沉的世界里回响着；

有如在大海里的一块礁石上，浪涛像猛虎般的狂扑着，天空紧紧的绷着黑云的厚幕，听大海向那威吓着的风暴，低声的，柔声的，忏悔他一切的罪恶；

有如在喜马拉雅的顶巅，听天外的风，追赶着天外的云的急步声，在无数雪亮的山壑间回响着；

有如在生命的舞台的幕背，听空虚的笑声，失望与痛苦的呼吁声，残杀与淫暴的狂欢声，厌世与自杀的高歌声，在生命的舞台上合奏着；

我听着了天宁寺的礼忏声！

这是哪里来的神明？人间再没有这样的境界！

这鼓一声，钟一声，磬一声，木鱼一声，佛号一声……乐音在大殿里，迂缓的，漫长的回荡着，无数冲突的波流谐合了，无数相反的色彩净化了，无数现世的高低消灭了……

这一声佛号，一声钟，一声鼓，一声木鱼，一声磬，谐音磅礴在宇宙间——解开一小颗时间的埃尘，收束了无量数世纪的因果；

这是哪里来的大和谐——星海里的光彩，大千世界的音籁，真生命的洪流：止息了一切的动，一切的扰攘；

在天地的尽头，在金漆的殿椽间，在佛像的眉宇间，在我的衣袖里，在耳鬓边，在官感里，在心灵里，在梦里……

在梦里，这一瞥间的显示，青天，白水，绿草，慈母温软的胸怀，是故乡吗？是故乡吗？

光明的翅羽，在无极中飞舞！

大圆觉底里流出的欢喜，在伟大的，庄严的，寂灭的，无疆的，和谐的静定中实现了！

颂美呀，涅槃！赞美呀，涅槃！

描写天宁寺的“礼忏”之声，作者以虔诚的宗教情怀进行感知，寄情深远，笔兴意浓，没有高尚的境界和品位是难以达到的。

为了表达“声”之庄严神圣，非人间之所有，作者多用比喻，充分运用诗意与想象，从而将读者引领到一个精神与心灵的圣地。这些比喻有“在火一般可爱的阳光里”，“听初夏第一声的鹧鸪”鸣叫；也有“在月夜的沙漠里”，“听骆驼的铃声”；还有“在一个荒凉的山谷里”，“听一个瞎子”敲响算命锣；更有“在大海里的一块礁石上”，“听大海”“忏悔他一切的罪恶”，等等。这些比喻极尽作者想象之能事，将“礼忏声”这种抽象的内容以具象的形式表现出来，收到了很好的艺术效果。从严格意义上说，比喻不会全部都十分恰切，有的甚至显得蹩脚；但好的比喻能收到“言有尽而意未穷”的效果，甚至达到妙不可言的境地。徐志摩的比喻即为表现主题增光加彩了。

因为“礼忏声”是由远而近传达出来的，所以作者非常注意“文气”的运用，这极有利于声音的表达，尤其是宗教寺院的钟声之表达。在本文中，作者多用排比，如“有如”竟多达六个，从而造成了由远及近、绵绵不绝、渐入佳境的艺术效果。另外，重叠、连缀、类比等修辞手法的运用，也有助于增加文章的气韵，与礼忏之声相得益彰。作品中有这样的句子：“这鼓一声，钟一声，磬一声，木鱼一声，佛号一声……乐音在大殿里，迂缓的，漫长的回荡着，无数冲突的波流谐合了，无数相反的色彩净化了，无数现世的高低消灭了……”“这一声佛号，一声钟，一声鼓，一声木鱼，一声磬，谐音磅礴在宇宙间——”“大圆觉底里流出的欢喜，在伟大的，庄严的，寂灭的，无疆的，和谐的静定中实现了！”如此密集地运用铺陈，即使在徐志摩的作品中本文也很具有代表性。

如天女向人间撒下花枝，令人有异彩纷呈、光芒闪烁、眼花缭乱之感，这正是本文富有魅力的独特之处。

（王兆胜）

雾

茅盾

雾遮没了正对着后窗的一带山峰。

我还不知道这些山峰叫什么名儿。我来此的第一夜就看见那最高的一座山的顶巅像钻石装成的宝冕似的灯火。那时我的房里还没有电灯，每晚上在暗中默坐，凝望这半空的一片光明，使我记起了儿时所读的童话。实在的呢。这排列得很整齐的依稀分为三层的火球，衬着黑的山峰的背景，无论如何，是会引起非人间的缥缈的思想的。

但在白天看来，却就平凡得很。并排的五六个山峰，差不多高低，就只最西的一峰戴着一簇房子，其余的仅只有树；中间最大的一峰竟还有濯濯的一大块，像是癞子头上的疮疤。

现在那照例的晨雾把什么都遮没了；就是稍远的电线杆也躲得毫无影踪。

渐渐地太阳光从浓雾中钻出来了。那也是可怜的太阳呢！光是那样的淡弱。随后它也躲开，让白茫茫的浓雾吞噬了一切，包围了大地。

我诅咒这抹煞一切的雾！

我自然也讨厌寒风和冰雪。但和雾比较起来，我是宁愿后者呵！寒风和冰雪的天气能够杀人，但也刺激人们活动起来奋斗。雾，雾呀！只使你苦闷，使你颓唐阑珊，像陷在烂泥淖中，满心想挣扎，可是无从着力呢！

傍午的时候，雾变成了牛毛雨，像帘子似的老是挂在窗前。两三丈以外，便只见一片烟云——依然遮抹一切，只不是雾样的罢了。没有风，门前池中的残荷梗时时忽然急剧地动摇起来，接着便有红鲤鱼的活泼泼的跳跃划破了死一样平静的水面。

我不知道红鲤鱼的轨外行动是不是为了不堪沉闷的压迫？在我呢，既然没有杲杲的太阳，便宁愿有疾风大雨，很不耐这愁雾的后身的牛毛雨老是像帘子一样挂在窗前。

本文发表于1929年初，当时中国正处于国民党白色恐怖的统治之下，政治形势异常紧张。作为进步作家的茅盾对此当然感同身受，《雾》就是在这样一个背景下的产物。

作品虽是写“雾”，却内含了政治社会的寓意。像“我诅咒这抹煞一切的雾”“我自然也讨厌寒风和冰雪”“我不知道红鲤鱼的轨外行动是不是为了不堪沉闷的压迫”，都包含了作者对专制与不自由统治的愤恨、批判和诅咒。在政治命意中，比迫害和虐杀更可怕、更可恶的是文化环境的“不自由”，它仿佛是弥天大“雾”将人们的思想和精神紧紧包围起来。因为“雾”不仅遮没了山峰，还吞噬了太阳及一切，并且变成牛毛雨、烟云，令一切都失去了生机、活力、希望。于是作者说：“寒风和冰雪的天气能够杀人，但也刺激人们活动起来奋斗。雾，雾呀！只使你苦闷，使你颓唐阑珊，像陷在烂泥淖中，满心想挣扎，可是无从着力呢！”

为了达到对于“雾”的笼罩、遮蔽、吞噬之批判目的，作者多用对比、渲染、比喻等手法。如将“雾”与“寒风和冰雪”进行比较，将白天与夜晚进行对比。又如在第二段中，作者写“每晚上在暗中默坐”，通过雾来观看山上的灯火，并回想儿时的童话，从而“引起非人间的缥缈的思想”，这些颇多渲染气息的描写，对于写景状物和抒情映心，都具有重要的作用。再如比喻在作品中使用较多，可谓俯拾皆是，“像钻石装成的宝冕似的灯火”“像是癞子头上的疮疤”“像陷在烂泥淖中”“雾变成了牛毛雨，像帘子似的老是挂在窗前”“有红鲤鱼的活泼泼的跳跃划破了死一样平静的水面”，所有这些都是形象生动的妙喻，极有益于表现作品复杂多变的内蕴。

作品的总体风格是压抑和深重的，甚至在文末也未出现希望的尾巴，而是“没有杲杲的太阳”；但是，在作品中仍不时出现希望的闪光，像“宝冕似的灯火”、“一片光明”、从雾中钻出的“淡弱”的阳光、“红鲤鱼的活泼泼的跳跃”，这是作者信念不倒、充满希望的精神的流露。

（王兆胜）

杨柳与水莲

宗白华

晓风里的杨柳对残月下的水莲说：

“太阳起来了，你睡醒了么？

你花苞似的眼里为什么含了清泪？”

“他是我昨夜恐惧悲哀的泪，

也是我今朝欢欣感涕的泪。”

“你恐惧些什么？你悲哀些什么？”

“啊！夜的黑暗呀，污泥里的冷湿呀！”

“你不曾看见夜的美么？”

“我含泪的眼和悲哀的心，

一届黄昏，就深藏到绿叶的沉梦里。”

“夜的幕上有繁星织就了的花园，园中有月神在徘徊着，有牛童织女在恋爱着，有夜莺啼着，有花香绕着，你何不从那绿叶的帘里，来到碧夜的幕中！”

水莲说：“啊！是呀！”

太阳落后，明月起时，可怜的水莲，抱着她悲哀的心，含泪的眼，亭亭地立在黑暗的深处。

宗白华曾以《流云》一书蜚声文坛，本文即是其中的代表作之一。就如同“流云”这个题目一样，《杨柳与水莲》以其高洁、纯粹、轻灵和优雅，显示了其形而上的高度和境界。

水莲虽要经受“夜的黑暗”，尤其要经受“污泥里的冷湿”；但是，它并没有消极和绝望，而是将“含泪的眼和悲哀的心，一届黄昏，就深藏到绿叶的沉梦里”。更重要的是，它花苞里的清泪，既是“昨夜恐惧悲哀的泪”，也是“今朝欢欣感涕的泪”，并且沉醉于“夜的幕上有繁星织就了的花园”之中。身处污泥而不染，面对黑暗却不失希望，在泪中有笑，在现实中藏着梦幻，在逆境中怀抱着感恩，这是水莲，也是作者传达给我们的心语和人生智慧。

以“杨柳”和“水莲”对语的方式结构全篇，这是本文的一个特色。在“晓风里的杨柳”与“残月下的水莲”的一问一答中，既有语言的寓意，也有生动的形象，还有相互的启示，更有艺术的张力，从而极有助于表现作品的主旨。试想，“晓风里的杨柳”是何等的婀娜多姿啊，它作为一个旁观者也是一个清醒者，具有导引和启示之功；而“残月下的水莲”则包含着这样的天地大道：残缺中的圆满，逆境中的从容淡定。因为残缺往往更是生活的常态，而圆满则是暂时的。尤其是作者有这样的结尾：“太阳落后，明月起时，可怜的水莲，抱着她悲哀的心，含泪的眼，亭亭地立在黑暗的深处。”谁能说此时的“水莲”是真的“可怜”，还是天地大道的化身呢？

《杨柳与水莲》是一首人生之歌，也是一首天地自然之歌，它告诉我们生命的本质，也令我们不断地去诠释和解读天地大道的秘密。

（王兆胜）

一种云

瞿秋白

天总是皱着眉头。太阳光如果还射得到地面上，那也总是稀微的淡薄的。至于月亮，那更不必说，他只是偶然露出半面，用他那惨淡的眼光看一看这罪孽的人间，这是寡妇孤儿的眼光，眼睛里含着总算还没有流干的眼泪。受过不只一次封禅大典的山岳，至少有大半截是上了天，只留一点山脚给人看。黄河，长江……据说是中国文明的母亲，也不知道怎么变了心，对于他们的亲骨肉，都摆出一副冷酷的面孔。从春天到夏天，从秋天到冬天，这样一年年的过去，淫虐的雨，凄厉的风和肃杀的霜雪更番的来去，一点儿光明也没有。这样的漫漫长夜，已经二十年了。这都是一种云在作祟。那云是从什么地方来的？这是太平洋上的大风暴吹过来的，这是大西洋上的狂飙吹过来的。还有那模糊的血肉——榨床底下淌着的模糊的血肉蒸发出来的。那些会画符的人——会写借据，会写当票的人，就用这些符箓在呼召。那些吃泥土的土蜘蛛，——虽然死了也不过只要六尺土地藏他的贵体，可是活着总要吃这么一二百亩三四百亩的土地，——这些土蜘蛛就用屁股在吐着。那些肚里装着铁心肝钢肚肠的怪物，又竖起了一根根的烟囱在那里喷着。狂飙风暴吹来的，血肉蒸发的，呼召来的，吐出来的，喷出来的，都是这种云。这是战云。

难怪总是漫漫的长夜了！

什么时候才黎明呢？

看那刚刚发现的虹。祈祷是没有用的了。只有自己去做雷公公电闪娘娘。那虹发现的地方，已经有了小小的雷电，打开了层层的乌云，让太阳重新照到紫铜色的脸。如果是惊天动地的霹雳——这可只有你自己做了雷公公电闪娘娘才办得到，如果那小小的雷电变成了惊天动地的霹雳，那才拨得开这些愁云惨雾。

谈到“云”，多数作家往往赋予其美好的形象，轻灵、潇洒、温柔、洁净，因为云卷云舒，柔软绵长，淡定悠然，是颇具诗意的；但也有一些作家从反面观之，于是乌云密布就成为其最突出的意象。瞿秋白所说的“一种云”，别有所指，另有深意，是人们不易注意的“战云”，一种战争的风云。作者写道：“那些肚里装着铁心肝钢肚肠的怪物，又竖起了一根根的烟囱在那里喷着。狂飙风暴吹来的，血肉蒸发的，呼召来的，吐出来的，喷出来的，都是这种云。这是战云。”这一视角和观点出人意料，收到了意想不到的效果。

正因为这“一种云在作祟”，所以“天总是皱着眉头”，月亮也“只是偶然露出半面”，于是“寡妇孤儿”成为这个世界上最令人酸楚心悸的一幕。在战争风云的笼罩下，人们忍受着漫漫长夜，渴盼着黎明的到来。

尽管如此，作者并没有悲观绝望，而是充满信心，那就是战斗！他说，祈祷是没有用的，只有自己去做雷公公和电闪娘娘，打开层层乌云，拨开愁云惨雾，才能让虹与光明照亮天地。在此，雷公公与电闪娘娘就是战斗与抵抗的化身。

瞿秋白没有直接写战争风云，更没有做生硬的理性阐释，而是用另“一种云”来映照；他也没有直接写“战斗”和“抗争”，而是用“雷电”作比喻。整个作品的意象也是如此，像用“铁心肝钢肚肠”来指代炮弹，用“怪物”来表示“武器”，用“一根根烟囱”来代替“枪炮之弹膛”。这就避免了作品的直露与简单。因为过于裸露的战争描写、不顾美感的直接宣讲，只会损害作品的文学性和艺术价值。

《一种云》与瞿秋白的其他作品一样，既有强烈的社会性和政治性，又不失文学的魅力，是一种将时代内容与审美价值达到较好融合的文本。

（王兆胜）

笑

冰心

雨声渐渐的住了，窗帘后隐隐的透进清光来。推开窗户一看，呀！凉云散了，树叶上的残滴，映着月儿，好似萤光千点，闪闪烁烁的动着。——真没想到苦雨孤灯之后，会有这么一幅清美的图画！

凭窗站了一会儿，微微的觉得凉意侵人。转过身来，忽然眼花缭乱，屋子里的别的东西，都隐在光云里；一片幽辉，只浸着墙上画中的安琪儿。——这白衣的安琪儿，抱着花儿，扬着翅儿，向着我微微的笑。

"这笑容仿佛在哪儿看见过似的，什么时候，我曾……"我不知不觉的便坐在窗口下想，——默默的想。

严闭的心幕，慢慢的拉开了，涌出五年前的一个印象。——一条很长的古道。驴脚下的泥，兀自滑滑的。田沟里的水，潺潺的流着。近村的绿树，都笼在湿烟里。弓儿似的新月，挂在树梢。一边走着，似乎道旁有一个孩子，抱着一堆灿白的东西。驴儿过去了，无意中回头一看。——他抱着花儿，赤着脚儿，向着我微微的笑。

"这笑容又仿佛是哪儿看见过似的！"我仍是想——默默

的想。

又现出一重心幕来，也慢慢的拉开了，涌出十年前的一个印象。——茅檐下的雨水，一滴一滴的落到衣上来。土阶边的水泡儿，泛来泛去的乱转。门前的麦垄和葡萄架子，都濯得新黄嫩绿的非常鲜丽。——一会儿好容易雨晴了，连忙走下坡儿去。迎头看见月儿从海面上来了，猛然记得有件东西忘下了，站住了，回过头来。这茅屋里的老妇人——她倚着门儿，抱着花儿，向着我微微的笑。

这同样微妙的神情，好似游丝一般，飘飘漾漾的合了拢来，绾在一起。

这时心下光明澄静，如登仙界，如归故乡。眼前浮现的三个笑容，一时融化在爱的调和里看不分明了。

对于世界和人生的理解，有人是悲剧式的人生观，于是他们眼中多是凄凉的景象，内心也常被焦虑与苦恼缠绕；还有人则有着乐观主义的情调，他们往往内外通明，尤其是有一心灯能照千年暗。冰心显然是属于后者。

《笑》写的是一个雨过天晴的景象，于是作者感叹：“真没想到苦雨孤灯之后，会有这么一幅清美的图画！”于是，作者写了三个关于“笑”的画面：一是“白衣的安琪儿，抱着花儿，扬着翅儿，向着我微微的笑”；二是道旁的孩子，“抱着花儿，赤着脚儿，向着我微微的笑”；三是茅屋里的老妇人，“她倚着门儿，抱着花儿，向着我微微的笑”。而这三个笑重叠起来，给作者也给读者产生了巨大的冲击。最重要的是，通过这三个笑，作者被雨水带来的孤独感很快烟消云散了。作者写道：“这时心下光明澄静，如登仙界，如归故乡。眼前浮现的三个笑容，一时融化在爱的调和里看不分明了。”

冰心深受泰戈尔“爱的哲学”的影响，也受到纪伯伦“泪与笑”和唯美主义思想的影响，所以《笑》里倡导的笑、爱、美就富有形而上的哲学意蕴，对于突破悲观主义的思想是有价值的。表面看来，冰心在《笑》里表现的三个“笑”的画面有些牵强，但事实上，它代表的是作者的一种积极进取的人生观和价值观。就像煤与蜡烛，它们是用心光照亮和温暖自己和这个世界的。

（王兆胜）

地球上的砖

汪静之

火星上有一个太子，他爱吹箫，爱弹琴，爱歌唱，爱舞蹈，爱击剑，爱骑马，爱一切的游戏；他终日只知作乐，不知其他。

有一天他忽然想着要造一个塔，国王便下了一道命令，教全国的百姓进贡最好的砖为太子造塔。

全国进贡的砖有三种是最贵重的，黄璧的砖，精金的砖，鹅黄的象牙的砖，但太子看了不满意，他摇头说，“这些砖我一点也不喜欢。”

于是，国王派了许多聪明能干的人到金星上，水星上，月球上，太阳上去采办最好的砖。

金星上带来的是绿玉的砖，翡翠石的砖，绿宝石的砖；水星上带来的是蓝宝石的砖，水苍玉的砖，碧玉的砖；月球上带来的是水晶的砖，白璧的砖，白金钢钻的砖；太阳上带来的是火一样红的赤珊瑚的砖，血琥珀的砖，红玛瑙的砖：这些砖都是极珍奇，极稀有，极宝贵的，砖上还雕刻着最精工最巧妙最细致的花纹。但是太子看了不满意，他摇头说：“这些砖我一点也不喜欢。”

国王没办法，只好再派聪明的人到地球上去征求最好的砖。

地球上带来的是黑的砖，灰的砖，青的砖。

这种砖是地球上特有的，是地球上单纯出产的，无论那个星球也找不出这种砖。太子看了很合意，他笑着说：“我很爱，赶快替我造起来。”

一千个工人动手造塔，把黑的砖，灰的砖，青的砖相间相杂地叠起，不多天便造成一个很高的塔。

塔里的黑的砖，灰的砖，青的砖互相反射，互相掩映，组成一种黯淡，幽冥，昏暗的气象，这种气象又凄清，又沉寂，又肃静，又怆凉。

太子喜新塔落成，便独自到塔顶上住起来。他一住进去就变了，神情委顿，眉毛紧锁，面容苍白。人家拿他爱吹的箫给他他不要吹，拿他爱弹的琴给他他不要弹，拿他爱舞的剑给他他不要舞了。

国王聘了全国第一名医来替太子诊治，医生看了说：“这病是地球上带来的，这是无药医的地球上特有的病。”

太子愁郁地，烦闷地，悲戚地住在塔里，终日沉默着。那黑的砖，灰的砖，青的砖互相反射，互相掩映，清寂、阴森而惨然。

这是一个寓言式的故事，整个作品充满神奇的想象力，它不是发生在地球上，而是发生在火星上，是一个关于火星太子寻砖建塔的故事。

火星太子原是快乐无限的，“他爱吹箫，爱弹琴，爱歌唱，爱舞蹈，爱击剑，爱骑马，爱一切的游戏；他终日只知作乐，不知其他”。然而，当太子用他喜欢的地球上的砖建起塔之后，开始“愁郁地，烦闷地，悲戚地住在塔里，终日沉默着。那黑的砖，灰的砖，青的砖互相反射，互相掩映，清寂、阴森而惨然”。这一“乐”一“悲”，内含了作家这一观点：地球是痛苦与悲戚的根源，它有一种无法医治的“特有的病”，那就是“黯淡，幽冥，昏暗的气象”。这是对地球和人类的批判与失望，而对其他星球则寄予了美好的向往与期盼。

《地球上的砖》以火星的快乐来消解地球的病象，增加了宇宙时空的廓大与深邃，并强化了作品的寓言性质。这种时空意识与人生观在中国现代作家中是少见的。

作品对于火星太子、国王、百姓、建塔、进贡、砖等的界定，仍留有地球的痕迹与理念，像火星的砖“有三种是最贵重的，黄壁的砖，精金的砖，鹅黄的象牙的砖”，也是“物以稀为贵”之人类观念的反映；而下面一段描写当然也不例外，即以地球之贵为贵：“金星上带来的是绿玉的砖，翡翠石的砖，绿宝石的砖；水星上带来的是蓝宝石的砖，水苍玉的砖，碧玉的砖；月球上带来的是水晶的砖，白璧的砖，白金钢钻的砖；太阳上带来的是火一样红的赤珊瑚的砖，血琥珀的砖，红玛瑙的砖：这些砖都是极珍奇，极稀有，极宝贵的，砖上还雕刻着最精工最巧妙最细致的花纹。”但其中神奇的想象仍不能不令人佩服！

总之，不认为地球是天堂，反认为它是地狱，并以神奇的想象自觉地建起宇宙时空和宇宙意识，这是汪静之《地球上的砖》一文的特色之所在。但是，将地球看成是“传染病”的根源，而将快乐寄望于火星，又表现出作者的乌托邦心理。但无论怎么说，这都是一篇新奇有趣、富有创意的作品。

（王兆胜）

光流

梁宗岱

祖母呵！
是你从那寂寞的泉路
寄给你眷爱的孙儿
慈蔼的探望么？
昨夜凄忼的残梦里——
你手植的白薇花的殇魂
披着迷蒙的暗月
在窗外憔悴的紫荆树上
隐约而呜咽地哀哭呢！

——二三，七，九夜的梦痕——

他辗转的想了一回往事，热泪从他的枕上滴着。

窗外潺潺的飘了一场急雨。雨止了，远远雨洗过的黝蓝的天边，三五玄秘的星光荧荧的闪耀着。幽邃的清辉，反映着他的灵台，把他的记忆的灯儿更光亮的燃起来。他重复辗转的想了一回往事，热泪从他的枕上滚滚的滴着。

室中是黑漆漆的。一切都只剩了模糊的影子，只有路边荒凉的电灯，照着壁上的耶稣圣像，显出一片淡黄的暗光。像已隐在镜光后面，看不清楚了。横窗的睡态惺忪的树影，不时的随着阵阵的微风，从像面渺无痕迹的轻轻地拂过。

记忆的灯儿，把他照到他长眠的亲人去了。热泪从他的枕上滚滚的滴着。

他无意识的望望壁上的圣像。镜上的光，和他眼里晶莹的泪光，贯成了一道光流，——不知是从镜上流到眼里，还是从眼里流到镜上。

他定睛沿着光流望去。光流尽处，便是淡黄的黯辉一片。——电光一闪，他忽忽的，不自知的，微茫而历历如春夜的梦境一般，在一处冷森森的墓园蹀躞着了。黯淡的墓影，阴沉沉的罩住了一切。野茉莉，百合花，在积着冷露的白杨的败叶丛中，杂着些媚红的山花缤纷地开着，闪着寂寂的幽馨，徐温着泉下长眠的归人。

从无数累累的败黄的土坯中，他看见了他永别的亲人长眠的地方了。……慈母的墓，哥哥的墓，弟弟的墓，和新立的祖母的墓。……他们都在墓中安眠着，幽静而且和平灰白的面庞，现出枯寂的輾然的微笑，恍惚知道他的行近一样，低微到不可闻的问他说，“你来了么？”

悲哀像墓影般罩住了他稚弱的心灵了。热泪从他的枕上滚滚的滴着。

窗外的雨滴又潺潺了，把他从浮漾的梦尘一般的幻景滴醒来。一切——墓园，慈母，哥哥，弟弟，祖母……都如烟的消散了。他呜呜咽咽的哭起来……母亲……祖母……

光流愈益宽广了。晶莹的光，射在壁间的圣像上；温柔，慈怜，圣爱的脸，遂如澄潭的月影般浮现出来，慈悲地反映出一道灵幻的圣光，暖云一般的慰藉了他稚弱的心灵。他如哭后的婴儿般止了。余泪还从他的枕上徐徐的滴着。

抒写真挚美好的亲情是本文的主题，因为作者的母亲、哥哥、弟弟和祖母都已长眠于地下，而自己则有着一颗稚弱的心灵，如孤云一样游荡，毫无着落。

与许多亲情文章不同，梁宗岱是通过“光流”进行情感的连缀的，而这“光流”有雨夜的星光、自己的泪光、墙壁上耶稣圣像的淡黄的光，还有自己内心的灵光，他们交互感应而又融为一体，于此，作者获得了一种痛苦的解脱和灵魂的超升。而在这种“灵光”的交融过程中，最直接的是“泪光”和“镜光”，作者写道：“他无意识的望望壁上的圣像。镜上的光，和他眼里晶莹的泪光，贯成了一道光流，——不知是从镜上流到眼里，还是从眼里流到镜上。”一道“光流”，它冲出了所有的障蔽，形成了一种爱的闪电，于是漆黑的暗夜为之一亮，阴暗的心灵也变得光芒四射。

作者还写到在“光流”之下，自己获得解脱与超越后的美好感受，他说：“光流愈益宽广了。晶莹的光，射在壁间的圣像上；温柔，慈怜，圣爱的脸，遂如澄潭的月影般浮现出来，慈悲地反映出一道灵幻的圣光，暖云一般的慰藉了他稚弱的心灵。他如哭后的婴儿般止了。余泪还从他的枕上徐徐的滴着。”这段话不仅仅是文字层面上清丽隽秀、诗兴意浓，更可见作者身心的超越与飞扬，读来有一种精神与艺术一起升华的感受。同时，宗教的情怀在此表现得最为明显强烈，它如烟似雾般熏染了人们的心绪，使文章充满超凡脱俗的神圣感。这是本文最出彩的地方。

还有，“泪水滴枕”这一意象在文中反复使用，竟然多达五次。“热泪从他的枕上滚滚的滴着”用了三次，“热泪从他的枕上滴着”和“余泪还从他的枕上徐徐的滴着”各用一次。这种重复手法的运用既有助于强化主人公——“他”稚弱的内心，又有助于与雨水、梦境、圣像之光等形成“光流”，还有助于营造作品情深意长的意境。

《光流》是一篇精致纯粹的作品，它的主题、结构、语言、节奏、气氛和品位等都是如此，反映了作者对亲人的真挚深沉的情感以及作者较高的艺术才思和精神境界。

（王兆胜）

寻梦

巴金

我失去一个梦，半夜里我披衣起来四处找寻。

天昏昏，道路泥泞，我不知道应该走向什么地方。

前面是茫茫一片白雾，无边无际，我看不见路，也找不到脚迹。

后面也是茫茫一片白雾，雪似的埋葬了一切，我见不到一个人影。

没有路。那么，梦会逃到什么地方去？

我仍然往前面走。我小心下着脚步，我担心会失脚跌进沟里。

我走到一家小店门前。柜台上一盏油灯，后面坐着一个白发老人。我向他打个招呼，问他是否见到我遗失的东西。

“你找寻什么，年轻人？”

“我找寻一个梦。”

“梦？我这里多得很，”老人咧嘴笑起来；“我这里有的是梦，却不知道你要的是哪一种？”

“我失去的是一个能飞的梦。”

“我不知梦能飞不能飞，不过你看它们五颜六色，光彩夺目。你可以从里面挑选任何一个，并不要付多大的代价。”他给我打开了橱窗。

无数的梦商品似的摆在那里。的确是各种各类的梦：有的样子威严，有的颜色艳丽，有的笑得叫人心醉，有的形状凄惨使人同情。这里面却没有一个能飞的梦。

我失望地摇头，我找不到我失去的东西。

“随便挑一个拿去吧，难道里面就没有一个你中意的？”老人殷勤地问。

“没有。我只找寻我失去的那一个。别的我全不要！”

“但是茫茫天地间，你往哪里去找寻你那个梦？年轻人，我应该给你一个忠告，失去的梦是找不回来的。”

“我一定要找！从我身边失去的东西，我一定要找回来！”

“傻瓜，为什么这样固执？”老人哂笑道，“多少人追寻过失去的梦了，你可曾见到什么人把梦追回来？听我的话，转回去好好地睡觉。”

我却继续往前走。

雾渐渐变为稀薄，我看见江水横在我的面前。

我踌躇起来，没有舟楫，我怎么能达到彼岸？

忽然一只小木船靠近岸边，一个十七八岁的少年撑着篙竿高呼“过渡”。

我立刻跳到船中，连声催促船夫火速前进。

“老先生，为什么这样着急？半夜里还有什么要紧事情？”

这个少年怎么称我做“老先生”？刚才在小店里，我还被唤做“年轻人”，难道在这么短的时间里我会增加了许多年纪？

我没有工夫同他争论，我只问他：

“喂，你有没有见到我那个失去的梦，那个能飞的梦？”

少年不在意地回答：“我在这里见到的梦太多了，不知道哪一个是你的？若说能飞，它们都是从这江上飞过去的，没有一个梦会半路落在江里。”

“我那个梦特别亮，比什么都亮。”

“除了星星，我没有见到更亮的东西。那么你的梦并没有飞过这里，因为我见到的全是无光的影子。”

“你能不能告诉我它飞往什么地方？”

“我不能。不过我知道它一定不在对岸，我劝你不要过去。”

“我一定要过去。请你把我快送过去，我愿出任何的代价。”

少年把我送到了对岸。

没有雾。天落着小雨。我走的全是滑脚的泥路。我好几次跌倒在途中，又默默地爬起来，揉着伤，然后更小心地前进。

一座高山立在我面前。没有土，没有树，这是一座不可攀登的石山。

“难道我应该空手转身回去？”我迟疑起来。

“不能，不能！”我听见了自己的心声。

“年轻人不能走回头路。”我的心这样说。

我鼓起勇气攀登岩石，一个继续一个，直到我两手出血，两脚肿痛，两腿发软，我还在往上爬行。

我几次失掉勇气，又恢复决心；几次停止，又继续上升；几次几乎跌落，又连忙抓紧岩石的边沿。最后我像一个病人，一个乞丐，拖着疲惫的身子和破褴的衣服立在山顶。我仍然看不到我那个失去的梦。

上面是一望无垠的青天，下面是一片云海，雾海。在这么大的空间里只有一只苍鹰在我的头顶上盘旋。

我的眼光跟着鹰翼在空中打转。我羡慕它能够那么自由自在地在无边的天海里上下飞翔。它一会儿飞得高高的，变成了一个黑点，一会儿又突然凌空下降，飞得那么低，两只翅膀正掠过我的头。我看见它那只锋利的尖嘴张开，发出一声嘲笑似的长啸。

它一定在笑我立在山顶束手无策，也许就是它攫去了我的梦。所以它第二次掠过我的头上，我愤然伸出手去捉它的脚爪。我捉住了鹰，但是一个斤斗把我从山顶跌下去了……

我睁开眼，我还是在自己的家里。原来我又失去了一个梦。

并不立意于“现实”，而是着眼于“梦”，着眼于“寻梦”，这是本文的切入点。作者说：“我失去一个梦，半夜里我披衣起来四处找寻。”这是本文的核心题旨。于是，整个作品就是一个寻梦的过程。

与不少写“梦”的作品比较模糊朦胧不同，巴金笔下的“梦”非常清晰，他主要写了三个场景：一是在小店里遇到开店的白发老人，二是在江边遇见摆渡的少年，三是在高山之巅看到苍鹰在头顶盘旋。在第一个场景里，老人打开橱窗让“我”寻找自己失去的梦，结果我一无所获；在第二个场景里，少年将我送到江的对岸，我也还是没找到自己丢失的“能飞的梦”；在第三个场景里，“我”经过艰难困苦，终于到达了山顶，但下面是云海、雾海，上面是“自由自在地在无边的天海里上下飞翔”的苍鹰，此时，“我”不但没找到自己的“梦”，反而“从山顶跌下去了”。可以说，本文是一个“寻梦”而不得，最后竟从山顶跌落下来的故事。

最妙的是结尾一笔，作者写道：“我睁开眼，我还是在自己的家里。原来我又失去了一个梦。”原来，前面写的所有内容并非现实，而都是在“梦”中，这个“梦”就是“寻梦”的整个过程。这是一个“梦中梦”的故事，一个“失梦”——“寻梦”——“再失梦”的过程。

作品采用“对话”的方式，既显得自然可信，又有助于阐述自己的观点。比如，与老人的交谈，“我”就是要找自己丢失的那个能飞的梦，但老人却说：“但是茫茫天地间，你往哪里去找寻你那个梦？年轻人，我应该给你一个忠告，失去的梦是找不回来的。”而“我”则坚定地说：“我一定要找！从我身边失去的东西，我一定要找回来！”这不是一般的对话，而是一个显示个性、价值观、人生观，且富于哲学内涵的对话。整个作品里的对话非常精彩，它支撑起整个作品的大厦，也为作品增添了灵动与光彩。

想象力是本文的另一特长。巴金的《寻梦》写梦境不落窠臼，故事构思出人意料，显示出作家超常的想象力。如作品写开店的老人橱窗里有各式各样的“梦”，“无数的梦商品似的摆在那里。的确是各种各类的梦：有的样子威严，有的颜色艳丽，有的笑得叫人心醉，有的形状凄惨使人同情。这里面却没有一个能飞的梦。”这种写法神奇而美妙，使作品充满幻想之美、灵动之气、幽默之趣。

（王兆胜）

井

李广田

今夜，我忽然变成了一个老人。

我有着老年人的忧虑，而少年人的悲哀还跟随着我，虽然我一点也不知道：两颗不同滋味的果子为什么会同结在一棵中年的树上。

夜是寂静而带着嫩草气息的，这个让我立刻忆起了白色的日光，湿润的土壤，和一片遥碧的细草，然而我几乎又要说出：微笑的熟知的面孔，和温暖而柔滑的手臂来了，——啊！我是多么无力呀，我不是已经丝毫不能自制的供了出来吗？我不愿再想到这些了。于是，当我立定念头不再想到这些时，夜乃如用了急剧的魔术，把一切都淋在墨色的雨里，我仿佛已听到了雨声的丁当。

夜，暗得极森严，使我不能抬头，不能转动我的眼睛，然而我又影影绰绰地看见：带着旧岁的枯黄根叶，从枯黄中又吐出了鲜嫩的绿芽的春前草。

我乃轻轻地移动着，慢慢地在院子里逡巡着。啊，丁当，怎么的？梦中的雨会滴出这样清脆的声响吗？我乃更学一个老人行路的姿势，我拄着一支想象的拐杖，以蹑蹀细步踱到了井台畔。

丁当，又一粒珍珠坠入玉盘。

我不知道我在那儿立了多久，我被那种慑服着夜间一切精灵的珠落声给石化了，我觉得周身清冷，我觉得我与那直立在井畔的七尺石柱同其作用：在负着一架古老的辘轳和悬在辘轳上的破水斗的重量，并静待着，谛听破水斗把一颗剔亮精圆的水滴掷向井底。

泉啊，人们天天从你这儿汲取生命的浆液，曾有谁听到过你这寂寞的歌唱呢？——当如是想时，我乃喜欢于独自在这静夜里发掘了秘密，却又感到了一种寂寞的侵蚀。

今夜，今夜我作了一个夜游人，我的游，也就在我的想象中，因为我的脚还不曾远离过井台畔。

“井”在中国文化中是个重要意象，它既是中国先民智慧的结晶，又是文学作品创作的一个源泉。古人云：“吃水不忘掘井人。”又说：“点滴之恩，当报涌泉。”李广田笔下的《井》在叙说着生活、日子、生命的真谛，在颂扬与感恩“井”之大德大美！

作者选择的是在“夜”里，在“寂静而带着嫩草气息”的“夜”里，以“老人”的身份，“更学一个老人行路的姿势，我拄着一支想象的拐杖，以蹑蹀细步踱到了井台畔”，他不仅以“耳朵”更用“心灵之耳”来谛听，这样，他才能听到喧嚣的白日难以听到的声音。在此，作者用了四个“听”进行描绘：第一，“当我立定念头不再想到这些时，夜乃如用了急剧的魔术，把一切都淋在墨色的雨里，我仿佛已听到了雨声的丁当。”第二，“啊！丁当，怎么的？梦中的雨会滴出这样清脆的声响吗？”第三，“丁当，又一粒珍珠坠入玉盘。”第四，“在负着一架古老的辘轳和悬在辘轳上的破水斗的重量，并静待着，谛听破水斗把一颗剔亮精圆的水滴掷向井底。”这种“听”有形象、有质感、有生命，它将夜衬托得寂静而深沉，也将“井”渲染得孤独而寂寞。

于是，作者发出这样的感叹：“泉啊，人们天天从你这儿汲取生命的浆液，曾有谁听到过你这寂寞的歌唱呢？——当如是想时，我乃喜欢于独自在这静夜里发掘了秘密，却又感到了一种寂寞的侵蚀。”这表达的是对水井的赞美与感恩之情。

当然，“井”不是作者表达的最终目的，而是为了表达和抒写自己内心的一种代码。换言之，是因为作者内心寂寞，所以才用“井”这一意象来浇自己心中的块垒，才能如此清晰地听到由“井”的内心深处所发出的深沉的叹息。

（王兆胜）

爱晚亭

谢冰莹

萧索的微风，吹动沙沙的树叶；潺潺的溪水，和着婉转的鸟声。这是一曲多么美的自然音呵！

枝头的鸣蝉，大概有点儿疲倦了？不然，何以它们的声音这么断续而凄楚呢？

溪水总是这样穿过沙石，流过小草轻软地响着，它大概是日夜不停的吧？

翩翩的蝶儿已停止了她们的工作，躲到丛丛的草间去了。

惟有无数的蚊儿还在绕着树枝一去一来地乱飞。

浅蓝的云里映出从东方刚射出来的半道新月，它好似在凝视着我，睁着眼睛紧紧地盼望着我——望着在这溪水之前、绿树之下、爱晚亭旁之我——我的狂态。

我乘着风起时大声呼啸，有时也蓬头乱发地跳跃着。哦哦，多么有趣哟！当我左手提着绸裙，右臂扬起轻舞时，那一副天真娇戆而又惹人笑的狂态完全照在清澄的水里。于是我对着溪水中舞着的影儿笑了，她也笑了！我笑得更厉害，她也越笑得起劲。于是我又望着她哭，她也皱着眉张开口向我哭。我真的流起泪来了，然而她也掉了泪。她的泪和我的泪竟一样多，一样地快慢掉在水里。

有时我跟着虾蟆跳，它跳入草里，我也跳入草里；它跳在石上蹲着，我也蹲在石的上面；可是它洞然一声跳进溪水里，我只得怅惘地痴望着它很自由地游行罢了。

更有时鸟唱歌，我也唱歌；但是我的嗓子干了，声音嘶了，它还在很得意很快活似的唱着。

最后我这样用了左手撑持着全身，两眼斜视着衬在蔚蓝的云里的那几片白絮似的柔云，和向我微笑的淡月。

我望久了，眼帘中像有无限的针刺着一般，我倦极了，倒在绿茸茸的嫩草上悠悠地睡了。和煦的春风，婉转的鸟声，一阵阵地，一声声地竟送我入了沉睡之乡。

梦中看见了两年前死去的祖母，和去腊刚亡的两个表弟妹。祖母很和蔼地在微笑着抱住我亲吻，弟妹牵着我的衣要求我讲红毛野人的故事，我似醒非醒地在梦中伤心，叹了一声深长的冷气。

清醒了，完全清醒了；打开眼睛，望眼春色，于是我又忘掉了刚才的梦。

然而我斜倚石栏，倾听风声，睨视流水，回忆过去一切甜蜜而幸福的生活时，不觉又是“清泪斑斑襟上垂”了。

但是，清风吹干了泪痕，散发罩住着面庞的时候，我又抬起头来望着行云和流水，青山和飞鸟微微地苦笑了一声。

唉！

我愿以我这死灰、黯淡、枯燥、无聊的人生，换条欣欣向荣、生气蓬勃的新生命。

我愿以我烦闷而急躁的心灵，变成和月姊那样恬淡、那样悠闲。

我愿所有的过去和未来的泪珠，都付诸流水！

我愿将满腔的爱愤，诉之于春风！

我愿将凄切的悲歌，给与林间鸣鸟！

我愿以绵绵的情操，挂之于树梢！

我愿以热烈的一颗赤心，浮之于太空！

我愿将我所有的一切，都化归乌有，化归乌有呵！

淡淡的阳光，穿过丛密的树林，穿过天顶，渐渐往西边的角上移去，归鸦掠过我的头顶，呜呀呜呀地叫了几声；蝉声也嘈杂起来，流水的声音似乎也洪大了，林间的晚风也开始了他们的工作。我忽而打了一个寒噤，觉得有些凉意了，站起来整理了衣裙，低头望望我坐着的青草，已被我蹂躏得烘热而稀软了。

“春风吹来，露珠润了之后，它还能恢复原状吧？”我很悲哀地叹息着说。

我提起裙子走下亭来，一个正在锄土的农夫，忽然伸了伸腰，回转头来目不转睛地望着我——一直到我拐弯之后，他才收了视线。

某些文学作品因过于世俗、过于躁动、过于功利而不可爱，当然也不美，这些作品可称之为污染式的书写。谢冰莹的《爱晚亭》则不然，它是绿色写作，是优雅、美好、善良、温暖与光明的颂歌！如山间的一缕轻风，它带着大自然的五彩缤纷和芬芳馥郁，吹进读者的心中。

在作者笔下，自然景物被描写得纯粹如梦，如歌如诗，美不胜收。微风、树叶、溪水、鸟鸣、蝉唱、飞蝶、新月、青蛙、嫩草、柔云、阳光、归鸦等等，都像被清洗过一般，一尘不染。还有，作者对自然中一草一木的亲近态度，所表现出来的纯洁温暖之心，颇为珍贵。作者写道：“我忽而打了一个寒噤，觉得有些凉意了，站起来整理了衣裙，低头望望我坐着的青草，已被我蹂躏得烘热而稀软了。‘春风吹来，露珠润了之后，它还能恢复原状吧？’我很悲哀地叹息着说。”虽然作者在无意中“蹂躏”了嫩草，但她有自觉的反思和忏悔，有一腔柔情蜜意的关爱，对嫩草都能如此“怜惜”，何况对于别的生命，更何况对于人呢？这一笔将整个作品的境界提升了，提升到一个纯粹美好的境地。

文末的农夫也被写得出神入化。作者写道：“我提起裙子走下亭来，一个正在锄土的农夫，忽然伸了伸腰，回转头来目不转睛地望着我——一直到我拐弯之后，他才收了视线。”寥寥数语即将农夫的好奇、单纯、纯粹与善良表现了出来。

作品还用了八个“我愿……”来抒写作者的“大爱”情怀，像“我愿以热烈的一颗赤心，浮之于太空！”这充分显示了作者的视野与境界，以及超越“小我”进入“大我”和“忘我”的人生理想。

如一滴洁净的水滴在浩瀚无垠的大海里，于是它的回声响彻天宇，并形成渐行渐远的涟漪，以至于寂静无声。这是我读谢冰莹《爱晚亭》最深切的感受。

（王兆胜）

飘流的心

丽尼

夜是有一些儿寒冷。

不是除夕么?

在我们底火炉上头，还存留了一星儿小小的火焰；一枝梅花横卧在案上，现出了残年的疲倦与哀情。

没有春天呢，我底心。

我有一些沉思和回忆。

啊，这连年底飘流。

季节与年岁之转换么？只给与了我一些怅惘，而且这过去又犹如一个黑坑，掩盖了青春的心情。

唉，这如梦的生命!

唉，行踪如浮萍!

唉，我感觉了一些寒冷!

命运，你将把我带到什么地方?

无论哪里，都没有我底家。

我曾被人揶揄说，啊，你可怜，你是无家的人；然而，自已更是茫然于生命为我画上的曲线。

如今，寒夜是这般凄清。

走罢，一个飘行！

走罢，一个飘零！

我给你说，我有一些儿胆怯，有一些儿恐惧，我宁愿倒睡在此，等待着命运之引牵。

唉，你底面影！

唉，我底恋情！

唉，飘流的心！

到明年会有一个春天，你说。

我说，到明年我已经前行。

想罢，从这里，我底眼睛远望着前程，越过了大海，山巅，和黑暗的森林，在寒冷的夜深。你岂不知道我是一个疲倦的飘流的人？无论是今年，明年，寒冷或者春天，都不能改变我底心情。

啊，你天际的星星，当黎明与曙光到来，你会无踪无影。

明年，他们会有欢乐，为了这未来的春天。

这是一首哀怨清丽的歌，一如黄昏迷途的小鸟发出的呼朋引伴的鸣叫。

一般说来，人们在怀旧悲秋、悼念亲朋时，会感到痛苦、悲伤、绝望；但是，每当春天到来，或者人逢喜事，往往就会放声歌唱、欢欣鼓舞。然而，丽尼的《飘流的心》却不然，它具有永恒的哀怨，是深入骨里的伤怀之情，它像早晨草叶上跌落的露珠，令人感到一种永难言说的凄楚之美。

作品有不少意象都是悲调的，像寒冷的夜、除夕的时节、残年的梅花、怅惘的黑坑、飘零的浮萍、飘流的心、黑暗的森林等。更重要的是，作者这样说：“你岂不知道我是一个疲倦的飘流的人？无论是今年，明年，寒冷或者春天，都不能改变我底心情。”这是带有悲观色彩的思想，说明作者的心灵底色是黯淡无光的。这种伤感使作品充满深沉的思想、坚实的力量、悲剧的情调，也给人的灵魂以强烈的冲击和震撼。

不过，作者在文末却表示：“明年，他们会有欢乐，为了这未来的春天。”这是一个光明的尾巴，说明作者没有陷入彻底的悲观主义泥淖，作品也就没有彻底地压抑和绝望下去。

丽尼的文字简短、精致、明快，不做含混不明的缠绕，且灵光闪动、诗意斐然，令人读来津津有味。

（王兆胜）

雨前

何其芳

最后的鸽群带着低弱的笛声在微风里划一个圈子后，也消失了。也许是误认这灰暗的凄冷的天空为夜色的来袭，或是也预感到风雨的将至，遂过早地飞回它们温暖的木舍。

几天的阳光在柳条上撒下的一抹嫩绿，被尘土埋掩得有憔悴色了，是需要一次洗涤。还有干裂的大地和树根也早已期待着雨。雨却迟疑着。

我怀想着故乡的雷声和雨声。那隆隆的有力的搏击，从山谷返响到山谷，仿佛春之芽就从冻土里震动，惊醒，而怒茁出来。细草样柔的雨声又以温存之手抚摩它，使它簇生油绿的枝叶而开出红色的花。这些怀想如乡愁一样萦绕得使我忧郁了。我心里的气候也和这北方大陆一样缺少雨量，一滴温柔的泪在我枯涩的眼里，如迟疑在这阴沉的天空里的雨点，久不落下。

白色的鸭也似有一点烦躁了，有不洁的颜色的都市的河沟里传出它们焦急的叫声。有的还未厌倦那船一样的徐徐的划行。有的却倒插它们的长颈在水里，红色的蹼趾伸在尾后，不停地扑击着水以支持身体的平衡。不知是在寻找沟底的细微的食物，还是贪那深深的水里的寒冷。

有几个已上岸了。在柳树下来回地作绅士的散步，舒息划行的疲劳。然后参差地站着，用嘴细细地抚理它们遍体白色的羽毛，间或又摇动身子或扑展着阔翅，使那缀在羽毛间的水珠坠落。一个已修饰完毕的，弯曲它的颈到背上，长长的红嘴藏没在翅膀里，静静合上它白色的茸毛间的小黑睛，仿佛准备睡眠。可怜的小动物，你就是这样做你的梦吗？

我想起故乡放雏鸭的人了。一大群鹅黄色的雏鸭游牧在溪流间。清浅的水，两岸青青的草，一根长长的竹竿在牧人的手里。他的小队伍是多么欢欣地发出啁啾声，又多么驯服地随着他的竿头越过一个田野又一个山坡！夜来了，帐幕似的竹篷撑在地上，就是他的家。但这是怎样辽远的想象呵！在这多尘土的国土里，我仅只希望听见一点树叶上的雨声。一点雨声的幽凉滴到我憔悴的梦，也许会长成一树圆圆的绿阴来覆荫我自己。

我仰起头。天空低垂如灰色的雾幕，落下一些寒冷的碎屑到我脸上。一只远来的鹰隼仿佛带着怒愤，对这沉重的天色的怒愤，平张的双翅不动地从天空斜插下，几乎触到河沟对岸的土阜，而又鼓扑着双翅，作出猛烈的声响腾上了。那样巨大的翅使我惊异。我看见了它两肋间斑白的羽毛。

接着听见了它有力的鸣声，如同一个巨大的心的呼号，或是在黑暗里寻找伴侣的叫唤。

然而雨还是没有来。

为了渲染雨前的气氛，作者从多个角度进行审视：一是鸽子可能预感到风雨将至，于是带着低弱的笛声，在微风中消失了，这是有关天空的“动”之描写；二是柳树、大地和树根都焦渴地等待雨水的到来，这是关于大地的“静”之默观；三是以怀想故乡雷雨的方式，给眼前这个

无雨的大地以期待与慰安；四是写白鸭在等待着下雨，它们或在水中或到陆地，完全是一副烦躁不安的神情；五是又回到天上，写其“低垂如灰色的雾幕”，一只鹰远道而来，“对这沉重的天色”表现出“怒愤”，并发出“它有力的鸣声”，这与开篇的天空的“鸽笛”前后呼应，相得益彰。然而，即使这样，最后“雨还是没有来”。这是一种箭在弦上、蓄势待发的表现手法，显示了一种动力之美、张力之美。

细节的强化是本文的一个亮点。作者这样描写鸭子：“一个已修饰完毕的，弯曲它的颈到背上，长长的红嘴藏没在翅膀里，静静合上它白色的茸毛间的小黑睛，仿佛准备睡眠。”作者观察得细，描写得真，将鸭子的神态惟妙惟肖地表现出来，达到了形神兼备、自然天成的艺术效果。

另外，节奏的徐缓悠长有助于表现雨前沉重的景象。作者写道：“白色的鸭也似有一点烦躁了，有不洁的颜色的都市的河沟里传出它们焦急的叫声。”“河沟里”前面一连加了两个修饰词，“不洁的颜色的”“都市的”，而“颜色”前又加上了一个“不洁的”来修饰，这是一个由多个形容词套用连缀的复杂修辞，表现出畅中有涩、急中有缓的节奏，与作者渴盼雷雨而不得的内心世界正相呼应。

（王兆胜）

我来自田野

唐弢

我来自田野，沃原培植我的童年，泥土使我结实，而生活却召我以工作。每天，天才光动，我一骨碌爬起身，帮着长工们整理农具，吃力地负向垄头。天外，那儿是数不清的畎畦，望不尽的阔野，虽然种着的多半是地主们的淫靡和逸乐。但这地皮是榨不尽，也刮不完的，它还允许我们栽下一颗小小的希望，在泥土里发芽，茁长，却又催五月的南风带来收成的愉快；菜花黄后，麦子渐老，田禾收完，大豆又绿遍了高地。谁说这不是黄粱旧梦？卖尽劳力，望到年月，而伴着我们的依然是逼人的穷窭！

我们没好，我们是不会好的！

我来自田野，雨露灌溉我的童年，风霜使我强健，而生活却召我以工作。每天，天才光动，我一骨碌爬起身，打扫净栏房里的粪泄，把牲口赶出门去，天外，那儿有结队的羊群，独步的稚牛，绿茵里缀上了黄斑白点，低头徐啮，就这样默守着宇宙的静穆。每当夕阳西下，暮鸦曳着炊烟回林的时候，它们就在我的呼唤里集合，踏着自己的蹄影，步入了锁住自由的栏房，以皮肉换取豢养，以辛劳换取鞭策，这就是生命的意义！嚼着苦汁走完了冗长的路途，我们究竟比牛羊聪敏了多少！

我们没好，我们是不会好的！

于是，我辞别田野，跨过海，投进异样的人群，如撩取水面的影子，我追捕着生活的美梦。为了争取自由，我才戴上桎梏；为了袭致光明，我才沉入黑暗。嗅过了铜臭的气味，又去看工头的面目，熬住苦痛，磨平头角，一丝影子掠过我的脑门，我来自田野。

基督？然而在我的世界里没有神。我爱摩西的杖，点化江河的清流泛起鲜血（这可不是神话）。它是天边的长虹，人间的毒蛇。我把它埋入心底，因为我的心是泥土做成的。广阔，厚实，肥沃，有一股清幽的气息，心是田野。

这是来自田野的一股清风，它朴实、浪漫、清明而又生机勃勃，是没有受过世俗社会污染的。

于是，在作者笔下有勤劳的长工，有悠然自得的牛羊，有数不清的畎畦，有望不尽的阔野，有丰实的大地，有金色的收获，有清幽的气息，这是只有心洁手灵的童年的“我”方能感受到的。

然而，辞别田野，投身于别样的环境和人生，“我”逐渐感到了“桎梏”“黑暗”“铜臭”和“苦痛”，但为了自由、光明和幸福，“我”忍受着、追求着、超越着，因为“我的心是泥土做成的”，“广阔，厚实，肥沃，有一股清幽的气息，心是田野”。这就将作者的精神历程充分地展示出来，而痛苦中的超越是其主旨，心灵的支撑即是由于“我来自田野”。

作品有两处重复，像“我来自田野，沃原培植我的童年，泥土使我结实，而生活却召我以工作。每天，天才光动，我一骨碌爬起身……”与“我来自田野，雨露灌溉我的童年，风霜使我强健，而生活却召我以工作。每天，天才光动，我一骨碌爬起身……”这两段话只更换了几个词语。另像“我们没好，我们是不会好的！”前后两句完全一致。这种表现方法，在叙述的回旋往复中起到了强化题旨的作用。

（王兆胜）

灯

方敬

灯是我长案上的恒星，作了行星的银粉蛾，绕着它运行。我沉默着，抽抽烟卷儿，袅袅的烟缕成了浅蓝色的云朵。这个小天地里，没有阴晦，没有雨天，那是最神秘的。

这无言的慰安者，显示着圣洁与宁静，令我忘了一切尘与垢，专培养智慧和灵感，而又启迪一条坦然的沉思之路。

它好像是一个熟识的圆脸，我凝视着它的灯，在高高的石坛上，发出和平的光辉，曾萦系过我儿时的心灵，照彻了很多在祈祷中升腾的灵魂。它是一颗长明的星辰，在我心里。

它静静地守着夜，辉映着睡灵，像是抚慰，像是祝福。

在无边的夜里，我是它的沐恩人。

写“灯”的作品不可胜数，而能达到较高的境界和品位者并不多。方敬的《灯》却有自己的创新和特色，读后能净化和升华人的情思。

一是构思奇巧。作者将“灯”比成“长案上的恒星”，将“银粉蛾”比成“行星”，其比喻和意境自然、贴切而又形象。

二是博大神秘的时空观。以宇宙类比，不只是取“象”之巧，更是心灵的浩瀚无垠，它将作品带入一个超越世俗世界的境地，令人有心旷神怡之感。

三是宗教的情怀。此文中有“圣洁与宁静”，有“高高的石坛”，有“发出和平的光辉”，有“祈祷中升腾的灵魂”，有“祝福”，有“沐恩人”，这显然是宗教情感使然。宗教情感使作品温暖、光明、神圣而纯洁，一如天光无私地洒向人间的每个角落。

四是优雅之美。《灯》是一篇美文，它充满美的色泽与灵光，读之令人口齿生津、心旷神怡。

五是感恩的心。因为有了宗教信仰的情结，所以作品有感恩存矣。作品这样结尾：“在无边的夜里，我是它的沐恩人。”事实上，在天地间，我们每个人都是天光的受益者，都是它的“沐恩人”，愿每个人都有一颗感恩的心。

（王兆胜）

阳光

严文井

阳光是匆匆的过客，总是去了又来，来了又去。

他不愿意停留。不，他也曾暂时在一些梦里徘徊。

他徘徊在沙漠的梦里。沙漠梦见了花朵、云雀、江河和海洋。

他徘徊在海洋的梦里。海洋梦见了地震、小山、麦浪和桑田。

他徘徊在老人的梦里。老人梦见了骏马、青草、角力和摔跤。

他徘徊在婴儿的梦里。婴儿梦见了母亲的歌声、乳汁、胳膊和胸膛。

每个带黑色的梦都闪亮。每个梦都保持着一分阳光。

阳光是个不倦的旅客，他总是来了又去，去了又来。他不能只在梦里徘徊。

他在梦的外面驰骋。

他制造一个个梦，更制造一个个觉醒。他驰骋，在梦的外面驰骋。

如果只让我们从这个世界上选择一样东西，那么很多人一定会选择“阳光”，不仅仅因为它温暖、博爱、仁慈，更因为

它是生命的同义语，是希望之所在。严文井赞美阳光，将它看成一个“匆匆的过客”，并且能够“制造一个个梦，更制造一个个觉醒”。同时，阳光不仅“徘徊”在“梦里”，还“驰骋”在“梦的外面”，这就是“觉醒”，一个超越了“梦”的人生的觉悟。

作者的比喻奇妙而有诗意，他让“阳光”徘徊于沙漠、海洋、老人、婴儿的“梦里”，于是有了各种神奇的想象，这样既贴切又自然，既浪漫又深沉，其目的是：“每个带黑色的梦都闪亮。每个梦都保持着一分阳光。”果真如此，那么这个世界就不会有黑暗与遗憾了。

像大海中的朵朵浪花，严文井的《阳光》清新、明丽、神奇而浪漫，它闪动着智慧的光，直渗入你的灵魂深处。

（王兆胜）

叶笛

郭风

啊，故乡的叶笛。

那只是两片绿叶。把它放在嘴唇上，于是像我们的祖先一样。

吹出了对于乡土的深沉的眷恋，吹出了对于故乡景色的激越的赞美，

吹出了对于生活的爱，吹出自由的歌，劳动的歌，火焰似的燃烧着的青春的歌……

像民歌那么朴素。

像抒情诗那样单纯。

比酒还强烈。

啊，故乡的叶笛。

那只是两片绿叶。把它放在嘴唇上，于是从肺腑里，从心的深处，

吹出了劳动的胜利的激情，吹出了万人的喜悦和对于太阳的赞歌，

吹出了对于人民的权力的礼赞，吹出了光明的歌，幸福的歌，太阳似的升在空中的旗帜的歌!

那笛声里，有故乡绿色平原上青草的香味，
有四月的龙眼花的香味，
有太阳的光明。

优秀作家和优秀作品往往都是秀外慧中的，郭风和他的《叶笛》即是如此。两片普通的绿叶，放在嘴唇上吹动，竟能产生歌，发出美妙的歌声，这没有丰富的农村生活经验是很难理解的，即使有过又有谁还会记得它，尤其是对于那些离开故土、远走天涯、奔波于都市、为世俗缠绕的游子来说。

叶笛算不上正规的乐器，吹奏叶笛的人也不是音乐家，但正因为如此，叶笛才能发出独特的乐音，这就是作者所说的："像民歌那么朴素。像抒情诗那样单纯。比酒还强烈。"因为这笛音来自故乡，来自田野，来自肺腑，来自心灵的深处，来自太阳的光明；也因为它连着真诚、生活、自由、劳动、青春、梦想、爱恋与欢乐。

作品不只是用笔写成的，更是用浓浓的乡情，用深情的爱，用透明的心写成，所以它自然奔放、灵秀俊逸、情感丰沛、真挚感人。

（王兆胜）

063

种子

牛汉

树的梦最多。每粒细小而坚实的种子，藏匿着一个伟大的梦，藏得太深太隐秘。被禽兽吞吃，它却暗自高兴。经过粗暴的牙齿咀嚼，胃液无情的消磨，它还是完完整整的，回归到大地。由于禽兽，飞翔和奔跑，它被带到了树梦也梦不到的地方。

种子是天成的，浑然无缝。它有门，可是天地间没有一把钥匙开启它。只有春天的一声呼唤（从不可知的地方飘来），种子的门才梦醒一般显现了出来，但它只从里向外打开，种子的门只能由种子自己开。门一旦如扇一般向世界打开，一个个梦就飞了出去。或许飞成一片森林，或许落进一条大河，流到极远的天边，或许落进一个陡立的山峰的岩缝。它们的命运各自去创造，因此树的后代遍及天涯海角。

“小中见大”是此文最大的成功。

这不仅因为作者选择了“种子”这一微小的物品做题目，更在于它中间包含的“天地之大”，还在于它寓含的人生、生命的奥秘。

作品写“每粒细小而坚实的种子”，都“藏匿着一个伟大的梦，藏得太深太隐秘”，这种小大之别、浅深之比、显隐之分，一下子将作品笼上了一层神圣之光，令人对“种子”心生敬畏。最重要的是，作者写出了“种子”的性格：坚强、自立、富有梦想、敢于创造、生命力强。也只有这样，它才能历尽艰辛而仍不死灭，身处绝境仍然强健，孤单微小仍可成林。“种子”是天地之得道者，是生命的火种。

牛汉是著名诗人，所以他诗心灵动、机关巧设；牛汉性格质朴憨厚，所以他富有大智慧、大道心。他说：“种子是天成的，浑然无缝。它有门，可是天地间没有一把钥匙开启它。只有春天的一声呼唤（从不可知的地方飘来），种子的门才梦醒一般显现了出来，但它只从里向外打开，种子的门只能由种子自己开。门一旦如扇一般向世界打开，一个个梦就飞了出去。”这里用比神奇巧妙，诗心机敏灵动，寓意深刻有趣，境界高远飞逸，内蕴坚实纯粹，令人拍案叫绝。

（王兆胜）

树

王蒙

世界上什么最美丽？天、海、星星，山、雪花和树木。

最亲切的，随时可以看见，可以触摸，可以接受它的好意的荫庇，可以欣赏它的千姿万态，可以与它相对相悦相知，又可以与它相别相忘，从此各自东西再不相识的，是树。

树没有姿态，它只不过是生长。它长得几个人抱不过围，它长得参天，但它并不能称雄，并不得意扬扬。当小鸟儿在它的枝头唧唧喳喳、跳来跳去的时候，鸟儿是那样的聪明、活泼、可意，而傻大个子的树却自惭形秽，默默不语。

树没有表白。你给它挂一面牌子，是汉朝的柏，是辽代的松，是重点保护的文物，是稀有品种，是经济作物药用特种工业用，是废物是蘑菇的寄生体，是毒蛇的洞，全听命你的选取和你的评论。是因为它城府太深吗？

然而它从来没有防御。它把一切暴露在风里、雨里、热里、冷里、鸟里、虫里。即使它受到了虫蚁的蛀蚀，受到雷电的斩劈，受到砍伐燃烧，受到了恶言恶语，它仍然不动声色，它仍然是它自己。噢，当然，它的根，众多的根长在土里，长在黑暗的地下，痛苦地使着延伸和汲取的力气。然而它无意隐藏自己的根系。它献出来的只能是它能够献出来的自己最美的部分。你不需要知道它的根的深沉的努力。

它没有动作却又摇曳不已。它没有允诺，却又生息有定，姿态有势，自我调节，不离不弃。它没有争夺，却又得到了大自然和人的一切赐予——包括诗人的诗和画家的笔，包括蝙蝠与枭鸟的栖息。

即使它被山火烧焦。即使它被巨斧腰斩。即使它被病毒麻痹。它的种子已经撒向四方。它的风格已经留下了深刻印迹。不幸的结局也许只会增加它的魅力。

以“美”的眼光看待世界，这是本文的着眼点和立足点。所以，作者撇开了人工品包括艺术品，而将“美丽”献给了天地自然，像“天、海、星星，山、雪花和树木”。其中，作者又不是着眼于广袤的天空与浩瀚的大海，也不去着力描写灵动、灿烂的星星和飘逸的雪花，而是钟情于“树木”，这个显得有些太过普通的事物。

在作者看来，树木之所以“美丽”，是因为它的性格内蕴富有魅力。一是亲切可感，而不是遥不可及。二是沉默不语，从不炫耀。三是自然坦荡，毫无防备之心。四是积极奉献，不求回报。五是坚强勇敢，生命力旺盛。六是得道多助，有大自然和人的不断赐予。总之，这是一曲关于普通树木之伟大精神和品质的颂歌，其中包含了对于人生智慧的思索与感悟。

文中有的句子颇具哲理性，像树木对什么都不介意，即使“受到了恶言恶语，它仍然不动声色，它仍然是它自己。噢，当然，它的根，众多的根长在土里，长在黑暗的地下，痛苦地使着延伸和汲取的力气。然而它无意隐藏自己的根系。它献出来的只能是它能够献出来的自己最美的部分。你不需要知道它的根的深沉的努力”。这是对树木伟大品格的充分肯定，也有自己的理想和抱负寄寓其中。

（王兆胜）

阳光容器

周涛

阳光从清冽、蔚蓝的天空中泼洒下来的时候，仿佛是被一个透彻的、空明而又高贵的容器过滤了。它看起来还是那样炽烈，那样明晃晃的，和所有正午的阳光一样炫目，但它其实已经不再灼烫闷人了。它从高空垂落下来，光芒四溅，游动跳跃，从这朵花转瞬蹿到那朵花，从这片草丛倏忽掠向那片草丛，依然可人和煦，但带着清新可爱的滋味，像一团充盈在天地之间的光芒的水流。

草原塌陷或隆起在一些山冈旁边，线条流畅自然地结合着，宛如床和枕头的关系。

远些的背景上，裸露出白岩石的山壁峻峭地雕刻出一些模糊粗犷的脸型，奇特地、一动不动地盯视着草原，表情怪异。

再远，钢蓝色的山体便从浓艳的绿野中分离出来，组合成天边的一列坚硬而又披挂了深雪的高大尖顶营帐；它总能被人一眼望见，却让人总也走不近它们。这些耸立天庭的雪峰和草原浓艳的夏天离得似乎是太近了，近得令人不敢相信，这就使这些巨大的实体看起来很像是假的。纯钢一般湛蓝的山体，耸峙并插进蓝得宁静明洁的天空。两种蓝，高度和谐而又截然不同，你无法说清这两种质地的蓝是怎样在空间里被鲜明区分的。

阳光正是从这样一种蓝得发亮的容器中倾泻下来，恣意地溅洒在草地上，饱满充沛，看样子不像是能够枯竭、不会有光芒泻尽的日子。

这些光芒的暴雨无声地向下降落，无声而缓慢，均匀而有力，一俟接触地面，触碰到白的岩石和各种颜色的明媚的野花，便会在花瓣的光彩上惊跳起来，反弹并四处迸溅，光芒像是撞碎散开的水珠，向各个方向惊跳，划出优美的弧度，纠缠、交织，在宁静无人的夏季牧场上织出一片炫目的、灿烂的光芒彩雨。这奢华的、浪费的阳光，正独自毫无目的地倾泻着，仅仅是为了漫无边际的茂盛的牧草繁荣滋长。

牧草长深了。滩上或山坡上的草已经没过了足踝，偶然有些地方裸露出小块未被草植遮盖的地皮，好像是大自然的随意和疏漏；山冈顶上的牧场正透着阴凉之气，草长得更深厚，已经可以陷没人的膝盖。

草原这时是一位画家，但只是画家而并不同时又是音乐家。它在这块大画布上涂抹油彩的时候，是非常愿意宁静的，在它色块汹涌奔流的空间里，任何细微的声响都能成为注意的中心。光斑在花朵上弹射、迸溅，却在草色深浅中被吸收，被融入，阳光渗入绿色的时候就好像水珠渗入厚壤那么容易。

有时候蓦然间会从天空中跌落下来一两只黄鸭，嘎嘎地大叫着，扑喇喇扇动着两张短翅膀。从蓝色晴空的说不清哪处缝隙间跌落下来，嘎嘎的大叫声和翅膀的扑扇声回荡震颤在原野山冈上，惊天动地，使人惊奇那么小的生物何以竟会发出如此之大的声响。黄鸭很像一个笨重、金黄的傻瓜，不慎从云朵上一脚踏空，划着弧度栽落下来，穿过光芒交织的彩雨，直向下跌，它嘎嘎的怪叫声仿佛是在大喊“救命”。结果，它一着地，就摇摆着屁股跌跌撞撞地走进草丛里不见了，虚惊一场。

还有时候，会有三五只天鹅像一组大型客机在草滩上降落。它们不大怪叫，只是平稳地飞行着，渐渐降低，互相仿佛商量了一下，然后沿着一条看不见的斜度轻盈而下，保持着飞行距离，着陆；它们像银子铸就的一般，把自己优美的身体合适地放在碧绿草毯的陪衬之中。

然而这一切并不引起草原的格外注意。它仍然宁静，光芒炫目或者因一朵云影的移动而暗转阴凉。

山冈在远处盘绕着。

几匹像是失散的无家可归的马，悠闲地甩着长尾——尾巴上粘着刺球、草秆——驱赶蚊蝇。它们谁也不搭理谁，谁也不想独自走得太远，就那么吃着草，偶或扬起长鬃披散的颈子来怅望一下远方，像一伙子离家出走有些后悔但又想不起家来的流浪汉。

山冈依然在远处盘绕着，没有移动。

草的生机使它毛茸茸的、湿漉漉的，像是伏卧在那里的蜗牛，很久很久，它都没有动一下。巩乃斯河流得非常平静，随着地势的起伏偶尔闪露出一段水流，光芒并不耀目。它的拐弯处或平阔处长满了大片的芦苇，遮掩着它，使它像一个藏而不露、很有心计的动物。

离河不远的略微高起的坡地上，正露出一排土房子。

像一位油画家，周涛拿着他的画笔，在为草原、山峦、河流、阳光和那些飞禽涂彩。此时，作者激情饱满而又宁静从容、想象力丰富而又脚踏实地、文章色彩斑斓而又朴实自然，他完全沉醉于他自己创造的意境和梦想中。

作者最善于在“动”中表现“静”，他这样写阳光：“它从高空垂落下来，光芒四溅，游动跳跃，从这朵花转瞬蹿到那朵花，从这片草丛倏忽掠向那片草丛，依然可人和煦，但带着清新可爱的滋味，像一团充盈在天地之间的光芒的水流。”写阳光的人很多，能写出“大动”中的“大静”者却不多，周涛以一颗“宁静”之心，观察和体悟阳光之变动，并以如此富有生命质感的语言表现出来，令人佩服。

对比的手法也是作者喜爱采用的，通过对比，许多事物就显得个性更加鲜明，作品也显得颇具张力。如写山时，作者用的是“硬性”和“刚性”的描绘，如“裸露”的岩石、“雕刻”出的“粗犷”，“纯钢一般湛蓝的山体”“耸峙并插进”等；而写到阳光，作者则充满温情暖意，也饱含了爱的一腔柔情，如作者这样写道：“这些光芒的暴雨无声地向下降落，无声而缓慢，均匀而有力，一俟接触地面，触碰到白的岩石和各种颜色的明媚的野花，便会在花瓣的光彩上惊跳起来，反弹并四处迸溅，光芒像是撞碎散开的水珠，向各个方向惊跳，划出优美的弧度，纠缠、交织，在宁静无人的夏季牧场上织出一片炫目的、灿烂的光芒彩雨。这奢华的、浪费的阳光，正独自毫无目的地倾泻着，仅仅是为了漫无边际的茂盛的牧草繁荣滋长。”如此柔情如水地描写阳光，与钢铁般地写山，竟然出自同一支笔、同一颗心。还有写河，作者将它比成“伏卧在那里的蜗牛”，“像一个藏而不露、很有心计的动物”，也是使用的柔情笔墨。

能够写出这样的文字，心中需有温暖和仁慈。在读到黄鸭栽落时，我们的心弦紧张难耐，当读到“结果，它一着地，就摇摆着屁股跌跌撞撞地走进草丛里不见了，虚惊一场”时，我们悬着的心才平稳安定下来。这个“虚惊一场”，透露了作家内心的温柔和善良。

“阳光容器”这个题目也非常形象美妙，它透明、纯净、温馨，同时又不容易散漫、外逸。其实，在这个“阳光容器”中盛满的是草原的风情、作家的心语、读者的醉意。

（王兆胜）

造心

毕淑敏

蜜蜂会造蜂巢。蚂蚁会造蚁穴。人会造房屋、机器，造美丽的艺术品和动听的歌。但是，对于我们最重要最宝贵的东西——自己的心，谁是它的建造者?

孔雀绚丽的羽毛，是大自然物竞天择造出。白杨笔直刺向碧宇，是密集的群体和高远的阳光造出。清香的花草和缤纷的落英，是植物吸引异性繁衍后代的本能造出。卓尔不群坚忍顽强的性格，是禀赋的优异和生活的历练造出。

我们的心，是长久地不知不觉地以自己的双手，塑造而成。

造心先得有材料。有的心是用钢铁造的，沉黑无比。有的心是用冰雪造的，高洁酷寒。有的心是用丝绸造的，柔滑飘逸。有的心是用玻璃造的，晶莹脆薄。有的心是用竹子造的，锋利多刺。有的心是用木头造的，安稳麻木。有的心是用红土造的，粗糙朴素。有的心是用黄连造的，苦楚不堪。有的心是用垃圾造的，面目可憎。有的心是用谎言造的，百孔千疮。有的心是用尸骸造的，腐恶熏天。有的心是用眼镜蛇唾液造的，剧毒凶残。

造心要有手艺。一只灵巧的心，缝制得如同金丝荷包。一罐古朴的心，醇厚得好似百年老酒。一枚机敏的心，感应快捷电光石火。一颗潦草的心，门可罗雀疏可走马。一摊胡乱堆就的心，乏善可陈杂乱无章。一片编织荆棘的心，暗设机关，处处陷阱。一道半是细腻半是马虎的心，好似白蚁蛀咬的断堤。一朵绣花枕头内里虚空的心，是假冒伪劣心界的水货。

造心需要时间。少则一分一秒，多则一世一生。片刻而成的大智大勇之心，未必就不玲珑。久拖不决的谨小慎微之心，未必就很精致。有的人，小小年纪，就竣工一颗完整坚实之心。有的人，须发皆白，还在心的地基挖土打桩。有的人，半途而废不了了之，把半成品的心扔在荒野。有的人，成百里半九十，丢下不曾结尾的工程。有的人，精雕细刻一辈子，临终还在打磨心的剔透。

心的边疆，可以造得很大很大。像延展性最好的金箔，铺设整个宇宙，把日月包含。没有一片乌云，可以覆盖心灵辽阔的疆域。没有哪次地震火山，可以彻底颠覆心灵的宏伟建筑。没有任何风暴，可以冻结心灵深处喷涌的温泉。没有某种天灾人祸，可以在秋天，让心的田野颗粒无收。

心的规模，也可能缩得很小很小，只能容纳一个家，一个人，一粒芝麻，一滴病毒。一丝雨，就把它淹没了。一缕风，就把它粉碎了。一句流言，就让它痛不欲生。一个阴谋，就置它万劫不复。

心可以很硬，超过人世间已知的任何一种金属。心可以很软，如泣如诉如绢如帛。心可以很韧，千百次的折损委曲，依旧平整如初。心可以很脆，一个不小心，顿时香消玉碎。

造心的时候，可以有很多讲究和设计。

比如预埋下一处心灵的生长点，像一株植物，具有自动修复、自我养护的神奇功能。心受了创伤，它会挺身而出，引导心的休养生息，在最短的时间内，使心整旧如新。

比如高高竖起心灵的避雷针，以便在危急时刻，将毁灭性的灾难导入地下，耐心等待雨过天晴。

比如添加防震防爆的性能，在心灵遭受短时间高强度的残酷打击下，举重若轻，镇定地维持蓬勃稳定。

比如……

优等的心，不必华丽，但必须坚固，因为人生有太多的压榨和当头一击，会与独行的心灵，在暗夜狭路相逢。如果没有精心的特别设计，简陋的心，很易横遭伤害一蹶不振，也许从此破罐破摔，再无生机。没有自我康复本领的心灵，是不设防的大门。一汪小伤，便漏尽全身膏血。一星火药，烧毁绵延的城堡。

心为血之海，那里汇聚着每个人的品格智慧精力情操，心的质量就是人的质量。有一颗仁慈之心，会爱世界爱人爱生活，爱自身也爱大家。有一颗自强之心，会勤学苦练百折不挠，宠辱不惊大智若愚。有一颗尊严之心，会珍惜自然善待万物。有一颗流量充沛羽翼丰满的心，会乘上幻想的航天飞机，抚摸月亮的肩膀。

造心是一项艰难漫长的工作，工期也许耗时一生。通常是母亲的手，在最初心灵的模型上，留下永不消退的指纹。所以普天下为人父母者，要珍视这一份特别庄重的义务与责任。

当以我手塑我心的时候，一定要找好样板，郑重设计，万不可草率行事。造心当然免不了失败，也很可能会推倒重来。不必气馁，但也不可过于大意。因为心灵的本质，是一种缓慢而精细的物体，太多的揉搓，会破坏它的灵性与感动。

造好的心，如同造好的船。当它下水远航时，蓝天在头上飘荡，海鸥在前面飞翔，那是一个神圣的时刻。会有台风，会有巨涛。但一颗美好的心，即使巨轮沉没，它的颗粒也会在海浪中，无畏而快乐地燃烧。

“心”是人体的发动机，是生命、情感、意识、理想的泉源。作家

不论写手、写脑、写眼，还是写情、写思、写意，大概都离不开“心”的力量。毕淑敏写“心”，并且拟其名曰“造心”，颇有灵气与意趣。读者不禁要问：心为何，已难知矣，而又如何造心？心可造乎？

作者先写一些自然物“物竞天择”式的创造，如孔雀的羽毛、白杨树笔直的干、清香的花草、缤纷的落英等。然后，作者提出：“我们的心，是长久地不知不觉地以自己的双手，塑造而成。”所以，“心由手造”成为作者的基本判断。接着，作者从“造心先得有材料”“造心要有手艺”“造心需要时间”几个方面，来说明“造心”是有前提的。随后，作者又从“造心”的差异来看，“心”是有大小、软硬之别的。还有，作者认为“造心的时候，可以有很多讲究和设计”，如最早是母亲给孩子留下“永不消退的指纹”，接着是“以我手塑我心的时候，一定要找好样板，郑重设计，万不可草率行事”。这是一个关于“造心”的浩大工程与艰辛过程。可见作者精密的心思和丰富的想象力。

最值得充分肯定的是，作者有尽善尽美、精益求精、纯洁美好的价值旨趣，努力摆脱世俗凡见，以期达到超拔升华的精神境界。这包括大爱、大美、大善的修炼，包括一种精神提升的愿望与姿态。如作者写道：“卓尔不群坚忍顽强的性格，是禀赋的优异和生活的历练造出。”“优等的心，不必华丽，但必须坚固，因为人生有太多的压榨和当头一击，会与独行的心灵，在暗夜狭路相逢。”作者还说：“心为血之海，那里汇聚着每个人的品格智慧精力情操，心的质量就是人的质量。有一颗仁慈之心，会爱世界爱人爱生活，爱自身也爱大家。有一颗自强之心，会勤学苦练百折不挠，宠辱不惊大智若愚。有一颗尊严之心，会珍惜自然善待万物。有一颗流量充沛羽翼丰满的心，会乘上幻想的航天飞机，抚摸月亮的肩膀。”这些表述，如果没有高尚的情操、健康的人生观与美好的理想，那几乎是不可能的。

作家有着丰富的社会和人生阅历，方能在《造心》中多有妙比、良言，并不给人以生硬附会之感。“比喻”成为本文的一个十分突出的写作技巧，可谓涉“比”成趣，随意取比，妙语连珠，反映了作者深厚的生活积累与文化、文学积淀。如在文末作者写道：“造好的心，如同造好的船。当它下水远航时，蓝天在头上飘荡，海鸥在前面飞翔，那是一个神圣的时刻。会有台风，会有巨涛。但一颗美好的心，即使巨轮沉没，它的颗粒也会在海浪中，无畏而快乐地燃烧。”

（王兆胜）

突然

刘烨园

落叶是日记的故乡，留住长街的晴朗。突然感到创造的壮阔，兴奋地走着，走着，又走进一片遥远的惆怅。

突然就觉得她很美，像一段默契。木屋就是天堂。相视着，同样的旅途，同样不知道来自哪里，去往何方。

突然在风雪里筑起力量，不再缩紧肩膀；突然知道这就是告别，独自走了，独自留下。夜，越想越长。

突然得到了，又突然失去；突然岁月如潮，又突然戛然喑哑；突然被感动了；突然找到了知己：一个真谛，一个愿望……

一句话神秘而降。一封信未料到源远流长。一页书摄住灵魂。一刻间有共鸣也有伟大。

一个早晨，悟透了零。但我绝不走向负数，听从佛门的戒诲，哪怕它最早说，“转念乃一刹那”。

突然感到一瞬也是一生。有突然，就有取之不尽的年轻。

关于人的写作，有不同的表现方法和技巧：有的着力于写人漫长的家族史，有的喜欢写人的一生，还有的愿意写人的一

年、一月、一天，还有的专注于写人的某一时刻，比如丰子恺曾写过《渐》一文，就是抓住人生的瞬间变化。刘烨园也是如此，他将切入点定位于人生的“突然”这一刹那，进而把握世界、人生、生命、情感、思想、感觉等的内在奥秘。

“突然”是我们常常使用的语词，但我们对事件进展的认识往往太容易被这个“突然”遮蔽，甚至忽略“突然”之于世界和人生的独特风景。就像白发“突然”爬上一个年轻人的头顶，一个中年人的脚步某一天“突然”踉跄起来。刘烨园紧紧抓住“突然”，并发现了其中的生命真义、诗意内容和难以言说的感受。

在长街上走，他“突然”感到“创造的壮阔”，同时越来越“走进一片遥远的惆怅”；与一个女性“突然”相遇，感受了她的美，也有与之默契的感觉，而且“突然”又要告别，一个独自走了，一个又独自留下；生活与人生就是如此，得与失、热闹与寂寞、感动和平淡，往往也都是在“突然”间完成的事情；一句话、一封信、一页书、一刻间，也都会“突然”产生意想不到的神奇与伟大，这是瞬间的生成和伟大的闪光；一个早晨“突然”开悟，“悟透了零”，即人生与生命的虚空。这是一些精彩的细节描写，作者极力捕捉“突然”的闪动，就如专心致志留住照相机瞬间的“闪光”，自有以“少”见“多”的艺术效果。

作者还强调：虽然他悟到了“零”，但“绝不走向负数”，即不走向悲观主义。文末作者强调：“突然感到一瞬也是一生。有突然，就有取之不尽的年轻。”这一概括更具有乐观、达观的精神境界，是一种健康成熟的人生观和价值观，它避免了由“突然”的开悟始，而走向悲观绝望的泥淖。从本质上说，人生和生命虽然都是一瞬，许多事情都是“突然”间发生的事，但是只要懂得了珍惜、尊重、理解、感恩，你就会永远保持年轻，获得真正的意义与美。

文中有些句子很精彩，读之耐人寻味。如“落叶是日记的故乡”，

“夜，越想越长”，“一刻间有共鸣也有伟大”，“一个早晨，悟透了零”，这些都是诗句和哲理警句，既增加了作品的灵性，又提高了作品的哲思，是闪光中的闪光点。

（王兆胜）

针

鲍尔吉·原野

像母亲领着孩子的手，针带着线穿过厚厚的棉花。我们凝视斑驳的岁月时，往事像花朵一样开放，看到静置在老日子最下面那些东西，包括母亲手里的针。

针拿在母亲的手里。当母亲把目光转过来的时候，是“家”的最好的一幅油画构图。妈妈目光柔和，拿针的时候，她的面庞和姿态告诉人，什么是宁静安详。当母亲专注于膝上一件衣衫的连缀时，想到医生专注于伤口，账房先生专注于算盘，士兵专注于瞄准，让人觉得天下最为柔顺善良的人，莫过于母亲。

针在家里是最小的什物，因此母亲藏针的时候最为仔细，不是珍贵，而在它太容易丢失了。这一枚光滑尖锐的利器，并无兵刃的悍意。它在刀剪的家族里，也是一个女人，身后总带着牵挂。那些绵绵的白线，被它缝在被子，包括膝盖的补丁上，像一串洁白的、小小的足印。在家的王国里，针线与棉花布匹生活在一起，一起述说关于夜、体温和火炕的话语。这些话被水洗过，被阳光晒过。阳光和水的语言被远行的孩子带到了异乡。

我回想下乡和结婚的前一夜，母亲都在灯下缝被子。我想起，那些棉被是早已缝好的，她又拿出来，加密针脚。这并没有特殊的用途，谁都盖不坏一床被子。而母亲所能做的只是这些了。在命运面前，她并不能做什么。儿子虽然是自己的，但仍要被命运之手领走，领到远方。母亲的语言与针线的语言一样，绵绵密密但素朴无声。当孩子远行，当柔软的棉被和线一起到达的时候，母亲的手里只剩下一根孤零零的针。

妈妈把它小心收起来，放在炕席下面，或别在布包上，针尖向里。其实儿子大了，不在身边，已经不用担心他淘气玩耍，刺破了手尖。

现在，年轻的家庭恐怕已经找不到针了。城里没有针，没人缝补旧衣。年轻的母亲为孩子准备的是成摞的买来的衣服。在城市，和针一起失去的，还有朴素的诗意和难忘的场景。

“针”是太小的物件了，它很难引人注意，也很少被作家写入诗文。然而，鲍尔吉·原野却能发现它，就像一个孩子能在黑暗中摸到他玩耍的小玻璃球一样，可见作者有着怎样敏锐而灵悟的心灵。

更重要的是，作者能够“以小见大”，将“针”与母亲、母爱联系起来，显示母爱的伟大和光辉。母亲为儿女拿针缝补的时候，目光柔和，面容宁静安详、柔顺善良，一如水波之潋滟闪动。

为了更好地表达这种母爱，作者最擅长捕捉细节。如作者写母亲在儿子下乡和结婚的前夜，将早已做好的棉被又取出来，再一次加密针脚。这是一种无声的语言，它将所有的母爱都缝进这些补充和加密的针脚中了。

诗意的语言是本文的另一特点。作者观察细致、情意浓厚，而又善于抒怀达意，所以作品有难以言传的灵动与美妙。如文章开篇说：“像母亲领着孩子的手，针带着线穿过厚厚的棉花。”表面看来，好像不经意的一笔，但作者的情感却如江河一样在文字下面翻腾汹涌。作者又说:

“这一枚光滑尖锐的利器，并无兵刃的悍意。它在刀剪的家族里，也是一个女人，身后总带着牵挂。那些绵绵的白线，被它缝在被子，包括膝盖的补丁上，像一串洁白的、小小的足印。”这里的文字锦心绣口，也有“百炼钢化为绕指柔”的深厚功夫，可谓妙不可言。作者还说：“母亲的语言与针线的语言一样，绵绵密密但素朴无声。当孩子远行，当柔软的棉被和线一起到达的时候，母亲的手里只剩下一根孤零零的针。”读这样的文字，恐怕所有远在天涯的游子，都不会不为之动容的。

鲍尔吉·原野是个有敬畏之心的作家，他的写作有一颗虔诚之心在，对于人事、对于一草一木，都是如此。这样的作家不能不令人心生敬意与感激。《针》是一篇经典作品，我想，它永远不会过时，它的神圣之美也永远不会褪色。

（王兆胜）

水墨周庄

王剑冰

一

水贯穿了整个周庄。

水的流动的缓慢，使我看不出它是从何处流来，又向何处流去。仔细辨认的时候，也只是看到一些鱼儿群体性地流动，但这种流动是盲目的、自由的，它们往东去了一阵子，就会猛然折回头再往西去。水形成它们的快乐。在这种盲目和自由中一点点长大，并带着如我者的快乐。只是我真的不知道这水是怎么进来的。

在久远的过去，周庄是四面环水的，进入周庄的方式只能是行船。出去的方式必然也是行船。网状的水巷便成了周庄的道路。道路是窄窄的，但通达、顺畅，再弯的水道也好走船，即使进出的船相遇，也并不是难办的事情。眼看就碰擦住了，却在缝隙间轻轻而过，各奔前程。

真应该感谢第一个提出建造周庄水道的人，这水道建得如此科学而且坚固。让后人享用了一代又一代，竟然不知他的姓名。难道他是周迪功郎吗？或者也是一个周姓的人物？

真的是不好猜疑了。水的周而复始的村庄，极大程度地利用了水，即使是后来有了很大的名气，也是因了水的关系。

水使一个普通的庄子变得神采飞扬。

二

我在这里突然想到了一个词：慵懒。这是一个十分舒服的词，而绝非一个贬义词。在夜晚的水边，你会感到这个词的闪现。竹躺椅上，长条石上，人们悠闲地或躺或坐，或有一句无一句地搭着腔，或摇着一把陈年的羽扇。

有人在水边支了桌子，叫上几碟小菜，举一壶小酒，慢慢地酌。一条狗毫无声息地卧在桌边。

屋子里透出的光都不太亮，细细的几道影线，将一些人影透视在黑暗里。猛然抬头的时候，原来自己坐的石凳旁躬着一座桥，黑黑地躺在阴影中。再看了，桥上竟坐了一个一个的人，都无声。形态各异地坐着，像是不知怎么打发这无聊的时间。其中一个人说了句什么，别人只是听听，或全当没听见，下边就又没了声音。

水从桥下慢慢地流过，什么时候漂来一只小船，船上一对男女，斜斜地歪着，一点点、一点点地漂过了桥的那边去。有店家开着门，却无什么人走进去，店主都在外边坐着。问何以不关门回家，回答说，关门回家也是坐着，都一样的。

有人举手打了个哈欠，长长的声音跌落进桥下的水中，在很远的地方有了个慵懒的回音。

三

黎明，我常常被一种轻微的声音叫醒，一声两声，渐渐地，次第而起，那是一种什么声音呢？推开窗子时，也出现了这种声音。这种木质的带有枢轴的窗子，在开启时竟然发出了常人难以听到的如此悦耳的声音。

这是清晨的声音，是明清时代的声音。也许在多少年前的某一个清晨，最早推开窗子的是一双秀手，而后一张脸儿清灵地让周庄变得明亮起来。

睡在这样的水乡，你总是能够产生疑惑，时间是否进入了现代。

那一扇扇窗子打开的时候，就好像是打开了生活的序幕，一景景的戏便开始上演。有的窗子里露出了开窗人的影像，他们习惯似的打望一眼什么，有的窗子里伸出了一个钩钩，将一些东西挂在窗外的绳子上，有的窗子里就什么也没有露出来。

晨阳很公平地把光线投进那些开启的窗子里，而后越过没有开启的窗子，再投进开启的窗子里。

四

在这油菜花纷攘的季节，最高兴的还是那些蝴蝶，它们不知从何处而来，平时不见，这会儿竟一下子来了那么多。

蝴蝶是最美丽的舞者，也是最实诚的舞者，它绝不像蜜蜂那样嘤嘤嗡嗡，边舞边唱。它就是无声地飞，无声地欢呼。你要是闭上眼睛听是听不见它的来临的，但你先看了它的来，再闭上眼睛，你就看见了它的舞了，它的舞甚至比睁开眼睛看还好看。你眼睛闭得时间久了，那蝶舞着舞着就会舞到你的幻觉里去。

一个叫庄周的人不就是弄混了，到底是自己梦到了蝶呢，还是自己在蝶的梦里？

慢慢地我也快弄混了，我这里说的是庄周梦蝶，还是周庄梦蝶呢？

不管是谁弄糊涂了，反正大批大批的舞者姗姗而来，拥绕着油菜花，拥绕着一个善于让人做梦的村庄。

五

坚硬与柔软的关系，似是一种哲学的概念，有一点深奥，我的哲学学得不好，我就只有直说，其实就是石头与水的关系。

从来没感觉到石头与水的关系搞得这么亲近，水浸绕着石头，石头泡在水里，不，就像是石头从水里长出来一样，长到上边就变成了房子，一丛丛的房子拥拥挤挤地站在水中，将自己的影子再跌进水中，让水往深里再栽种起一叠叠的石头和房子。

多少年了，这水就这样不停地拍打着这些石头这些房子，就像祖母一次次拍打着一个又一个梦境。

这些石头这些房子也因为有了这水，才显得踏实、沉稳，不至于在风雨中晃动或歪斜。

我有时觉得这水是周庄的守卫，为了这些石头，这些房子，每日每夜在它们的四周巡游。有了这些水的滋润，即使是苦难也会坚持到幸福，因为石头知道了水的力量。这样，也许水就姓周，而石头姓庄。

周庄是坐落于江南的一个普通小镇，后来渐渐成为一个旅游名胜。《水墨周庄》实际上是作者为周庄绘制的一幅水墨画，它以“水”和“石”为形体，以古意、快乐和自由为魂魄，以绵绵的深情为纽带，从而给人以真实而缥缈、浓郁而轻柔、切近而悠远的艺术感受。

作者开篇即写“水”，他说：“水贯穿了整个周庄。”一下子将读者带到一个“水”乡之中。接着，作者描述水的缓慢流动，水道的错综交杂，水的快乐与自由，并认为，周庄是“水的周而复始的村庄”，它“后来有了很大的名气，也是因了水的关系”，“水使一个普通的庄子变得神采飞扬”。作者还将“水”与“石”结合起来写周庄，将二者的“柔软”与“坚硬”进行了辩证与哲学的理解，从而使二者相得益彰、相映成趣。作者写道：“从来没感觉到石头与水的关系搞得这么亲近，水浸绕着石头，石头泡在水里，不，就像是石头从水里长出来一样，长到上边就变成了房子，一丛丛的房子拥拥挤挤地站在水中，将自己的影子再跌进水中，让水往深里再栽种起一叠叠的石头和房子。”这样描写“水”与“石”，不仅充满诗情画意，更赋予了其勃勃的生命力，使其形象跃然纸上。作者结尾这样概括说：“我有时觉得这水是周庄的守卫，为了这些石头，这些房子，每日每夜在它们的四周巡游。有了这些水的滋润，即使是苦难也会坚持到幸福，因为石头知道了水的力量。这样，也许水就姓周，而石头姓庄。”这一笔既是写“水”，又是写“石”，更是写人生、生命和天地至理。

作者还在文章中写到三个意象：一是“慵懒”，二是“阳光”，三是“梦幻”。它们一起构成了周庄的精神，一种古典、快乐和自由的象征。“慵懒”是闲适文化的代表，“阳光”是光明和温暖的同义语，“梦幻”是混沌与神秘的代名词，它们将文章提升到超凡脱俗的境地，也有了丰富复杂的内蕴，还具备了灵动飘逸之美。

本文的叙述是徐缓平淡的，诗意也不是彰显外露的，这就决定了它的优美与雅致，且多了些从容不迫、超然物外的气质，多了些内敛冲和的韵致，也多了些幽默俏皮的智趣。如作品有这样的句子：“有人举手打了个哈欠，长长的声音跌落进桥下的水中，在很远的地方有了个慵懒的回音。”“慢慢地我也快弄混了，我这里说的是庄周梦蝶，还是周庄梦蝶呢？”

一个平常的周庄，一幅淡淡的水墨画，一种超然物外的心怀，一些闪动的诗意，一份古典的情韵，一缕诙谐的智趣，一个舞动的梦境，这就是王剑冰《水墨周庄》给我们的感动与启悟。

（王兆胜）

二胡

高维生

最好是夜晚，万物舒缓地呼吸，一缕声音像山间轻吟浅唱的溪水……

二胡，是我喜爱的乐器，但我不会摆弄它，美好的东西，有时更多的是热爱和欣赏。

二胡不同于西洋乐器，需要一座美丽的建筑，在高雅的音乐大厅演奏。二胡属于大自然，就像琴箱上蒙的蟒皮和琴弓上马的鬃毛。在山间，在溪畔，在蔓生野草的大地，悠长的曲调穿越时空。

我喜欢江南的二胡，琴声湿润，哀怨如泣。晃晃悠悠的水路穿街而过，小镇一分为二，一架拱形的石桥，像温暖的手，连接分离的街道。沿岸石砌的护围堤，风吹水蚀，青石生出了苔藓，随着年代的久远变得陈旧。岸上青瓦、白墙的房子，鱼鳞似的瓦片，在阳光下，像晒在沙滩上的大鱼。墙壁洞开的窗口，似乎终年敞着。历经沧桑的老人坐在桌前，慢慢地品茶，倾听，回忆。石板路被脚步磨得光滑，纹理中储存时间的尘埃。有人一边走，一边拉着二胡。琴声诉说人间的悲欢离合，表达琴师的情感。忧伤的琴声，在水面泛起记忆的波纹。在这种背景下，一定有乌篷船，梦一般轻盈地滑动，船橹摇动，荡起水花，充满柔静的韵味。

印象中的二胡，少了浪漫的色彩。我少年时代，居住在大杂院，一家挨一家。从这个门出来，就进了另一家的门，邻居之间相隔透风露气的木障子，几乎没秘密可言。我家的邻居姓马，他家墙上挂着一把二胡，琴头是活灵活现的龙头，琴杆褪掉了色泽。两根纤细的弦亮锃锃的，轻轻地一弹，发出清脆的声音。二胡送走了许多夜晚，从那里我知道了常识性的知识，琴码，琴筒，松香，滑音，揉指。指尖上流淌出我一个个的梦想。至于先辈，找这种简单的乐器，来表现人间的事情，我今天也不理解。我暗叹不已，他粗糙的手，抡起板斧劈烧柴，是那么的有力。拉起二胡，舒展，自由，二胡是他生命中的一部分。那时我还听不懂二胡。

电视里播放的独奏音乐会，不可能与大自然中的二胡相同。有着露水的润泽，它音色更纯，那音乐掠过苦艾的梢头，越过起伏的群山，风声和草香丝丝缕缕地纠缠，人的思绪被它带走。

山区小镇的夜安静，归林鸟儿躲进窝，歇息歌唱了一天的嗓子，劳作的人们进入梦乡。

夜是梦开始的地方，开始的地方不一定有梦。

中国乐器在世界乐器中别具特色，而二胡又是中国乐器中最普通、最亲切、最感人的一种。童年的乡村常有盲人拉二胡，他们的双手灵巧敏捷、双眼迷茫闪动，乐声充满无限的柔情与辛酸，直让人们的心弦发颤，那里面有倒不完的苦水，也有温暖的阳光照耀。后来，长大成人了，听到阿炳的琴声，尤其知道了他的身世，方知晓盲人与二胡那割不断的关系，并进一步理解了二胡的妙处。高维生的《二胡》是赞美二胡的，且以真挚的情感、细腻的体验、纯朴的信念为基调，因而能够感人肺腑。

作者说他并不会摆弄二胡，但他喜爱它。这是因为二胡不像西洋乐器需要在一座美丽的建筑中演奏，而是取材于自然，又能发出自然之声，它是与自然同生、并存、共鸣、合美的乐器。另外，二胡更多的是从普通人的心灵深处发出来的，或是一个行人，或是一个农人，他们心中所有的喜怒哀乐都可以通过二胡传达出来。因之，二胡少了浪漫色彩，但却不乏温情与质朴。作者以自己的邻居马师傅为例，说他有一双抡板斧劈柴的粗糙的大手，然而却能用它将二胡拉得那么舒展和自由，令“我”暗叹不已。

虽然不会拉二胡，但作者并不是不懂它，而是它的知音。用作者的话说就是：“从那里我知道了常识性的知识，琴码，琴筒，松香，滑音，揉指。指尖上流淌出我一个个的梦想。”更有趣的是，作者能将二胡之美用贴切的文字表达出来，让读者也能感到它的美妙。他说：“琴声诉说人间的悲欢离合，表达琴师的情感。忧伤的琴声，在水面泛起记忆的波纹。在这种背景下，一定有乌篷船，梦一般轻盈地滑动，船橹摇动，荡起水花，充满柔静的韵味。”

高维生笔下的《二胡》是中国的，是民间的，是属于普通人的，也是深入到人的心灵深处的，具有梦一样的朦胧与迷幻。

（王兆胜）

一个关于中国的隐喻

黑陶

红木

颓败的蕉叶上滑落晚秋之雨。南方的厅堂已经升起暗红烛笼。沉腻、冰凉，并且深隐花纹，那沉重木器的肌理近乎人的肌肤。被岁月烟火熏炙的，曾经美丽的肌肤。红木椅子。靠背的木格间嵌有天然大理石片，波动的云水在石面邈远而又寂然，这是寄寓于此的制作者的细小理想。精致的扶手、坚硬的靠背、微凹的椅面以及由这些部件所构成的空间，在厅堂深处依然晃耀洁净的铜镜里，奇异地形成为一个整体，进而与人建立起一种跟原初完全相反的关系：排斥。它已需要独处并沉醉于自己虚无的世界。斑斓红鳞的黎明，新妇在热气腾腾的红漆浴盆内濯洗如藕婴孩——这些昔日的音响和温度，现在被颓败蕉叶上持续滑落的晚秋之雨敛尽。但是，木头并没有拆散或锯断，它的内部仍然存留香气，存留，一个家族的秘密香气。

幻稻与火焰

黑色码头上是潮湿而且零碎的灯火。竹篮的把手很高，在黎明前清冽的浓夜微射细腻的光芒。长木椅子前残存菜叶、瘪稻和烂橘皮的凹凸砖地上，新捉的小猪在扭动的麻袋里拼命叫唤。叫声稚嫩、焦躁又带着明显的丝丝恐惧。它们又小又圆的年轻嘴盘，因为恐惧，使劲在磨拱着束缚它们于更深黑暗内的麻袋——有的肯定已经出血。明灭的烟蒂。新鲜而又温热的猪粪气息，讲话，咳嗽，嚼脆响的油条，动物的叫唤，清冽的让人感觉发冷的夜雾……黎明前简陋的乡镇候船室内，捉好小猪的乡人在等待早班的轮船回家。

更为广大的滨湖地区，农民们此刻仍在继续着他们安静踏实的睡眠。繁忙的秋收结束，那穿州过省，翻越山峦，并和遥远的湖水连成无垠的南方稻火，已经收获。但是，可以肯定的是，他们疲惫却酣甜的梦里，依然充满了稻，翻涌着的湖浪般的黄金之稻。一束束弯垂的沉甸甸的作物火焰，被他们从大地上抱起（怀抱火焰的人在大地上移动）；雪亮如镜的锋刃里，谦逊结实的稻谷之火，正瀑布似的泻满冬天幽深的仓廪。哦，激烈的梦又是如此平静。

……像一颗硕大的黑水晶露珠悬挂在一下子变得空旷的苏南平原的额顶，黑暗黎明越聚越沉。现在，这颗又黑、又沉、又亮的露珠依然没有滑坠，远处公鸡的一声啼叫中，她正忍受着保持最后的、疼痛般的……平衡。

神鱼

农历九月的早晨。在乡下人的头顶，会看见一条鱼的局部。波纹状有序排列的细缕白云，是她素雪的鳞片；鳞片所附着的，就是蔚蓝、明洁、腴嫩的浩瀚的鱼之肉身。东方，沿着熔金烁银燃烧锦绣的部位向前想象，也许是她灿烂高贵的头颅；西边，淡蓝淡白的地方，或者即将接近她健美柔韧的凝脂肚腹……但是，无论是谁，依然无法看清鱼的全身。她在游动。在宇宙清冽的秋晨，鱼，就要游出人类的视线与……生活。

芦花

少年黝黑的身影跃没于舞动的芦花之中,像有力的鱼,钻入起伏雪浪。湖涛散出的声响震动远地的木头窗棂。汹涌芦雪,漫无边际,覆盖了湖水(藏满鱼虾)和延伸的渎上原野(生殖稻谷、萝卜、百合、卷心菜和紫扁豆)。温暖、飒响又波来荡去的秋芦花絮之下,农民的屋顶显得多么渺小而且低矮。人都外出的空旷房子内部,寂静,幽暗,只有天窗射进的一缕秋阳,斜直地打在有空酒瓶的红漆长台一角。空旷的房子,已经散尽盛夏积留的热气。用苇篾编成,曾经渗进体温,现又重新转凉的芦席,连同悬挂一夏的长长芦帘,都已卷起,被重置于堆满杂物的陋阁之上,始终未动位置的,是屋顶木梁与青瓦之间的大张芦扉和围住收获稻麦的芦编栈条(在农民家庭更为幽暗的后屋,狭长的栈条一圈圈围聚成宝塔,饱满的穗粒可以尽情堆泻)。摇曳不止的圆锥状芦花在深秋的室外盛开,由紫而白,像雪,像浪,像纯银涌流的乡间月光,包含湖河的活命大地,在一年中的这一刻,呈现出她浪漫、轻盈的一抹内质。

芦,它对农民的馈赠又怎能言尽。早春,刚刚钻出湖滨淤泥的芦苇幼芽可供食用,清贫人家青黄不接时,挖来充饥,可以勉度春荒;芦根,即它发达连绵的地下茎,是一味上好的民间中药,因性寒、味甘,遇伤风咳嗽取来煮汤喝饮,可清火除热,润肺舒胃;苇叶又称粽叶,每到端午时节,采摘苇叶包裹粽子,煮在灶上的大铁锅里便香溢整个灶间;粗壮挺拔的芦苇秆用途广泛,能够搭房盖屋、编席竖篱,生火烧饭;就连那连片飞舞的花絮也是一宝,可以用来替代棉絮,做冬衣,做暖脚的大头蒲鞋。

……蔓进梦里的芦雪在低低的天空下劲舞,这些白色的火焰——芦花的精灵——在秋风中燃烧至极盛的时候,农民们知道,真正大雪飘洒的冬季,就将来临。芦花,“它白中藏紫 / 我紧盯着它 / 紧盯着尚未剔净的秋天的白骨”——在书中,一位诗人用汉字这样叙述。

祠

……天井。青砖铺就的广阔天井，是巨大凹陷的容器，大块大块的阳光近似呼啸地涌下来，将它溢满。一株苍老的孤柏，又瘦又高，略略倾斜地站在天空下的天井中央——它仍在做梦，但此刻，它拥有了微小的炫人金晕。更多的空间当然还是黑暗，年代和往事积聚的含垢黑暗，石上的雕花依旧生动、逼真，只是倾坍的石头已残。曾经辉煌盛大，现在腐朽弃地的牌匾之间，是鼠屎和积厚的灰土，一具日渐挥发的鸽子的尸骸，半埋其间。供奉牌位的幽阁内部，四面八方全都是先人和祖宗使劲张大的暗血口腔，时间在其中急旋。如火似焰的时间，正在焚烧，默默不息地焚烧着这座空旷的姓氏建筑。

一个关于中国的隐喻

我看见那么多的无头人，在青郁群山间的野村里，生气勃勃地活动着，像春天成群的蜂鸣，愉快轰响。这些由粗圆木头和坚密岩石雕刻出来的人物，在古老的时空里，手腿灵活，衣带当风，或饮酒，或骑马，或扛锄，或长啸……他们遭遇过夜晚的暴力和浩劫。无头……鲜血的头颅曾被利器那么凶酷地凿（铲）去！凄厉的痛！然而，无论遭遇怎样巨大的戕害，忍受之后，这些伤残的躯体，依然，重新生气勃勃地开始自己的生活，像群山溪水间成群的春天蜂鸣。我看见隐喻，一个关于中国的隐喻。

伤

锐利、刻毒，却貌似优雅轻盈的钢锯（在发亮阳光下一瞬闪射耀眼的炽白反光），现在将牙齿轻轻搭咬在樟树汁液鼓胀的青皮上。它暂时并不着急，就像一个饥饿的饕餮之徒，对着可以由他独自尽情享用的整桌佳肴；又如一位老辣的凶悍猎手，面临已经无法逃脱的猎物。——终于，忍受不住的钢锯开始咬割。即刻，青汁的树皮绽裂；随之，绿白的树肉绽裂——微小、灼烫的树的浆液，接连不断地溅沾于钢锯锋利的齿床。品尝到美味的锯子感到强烈快意，锐牙咬割的速度在加快！越来越快！碎屑如雨飞落，锯齿亢奋欲绝。薄厉的钢铁在鲜嫩的肉躯内肆意挺进——“喀——嚓！”粗大的树枝凌空倒卧大地，旧叶飘散似蝶，只有枝梢初生的簇簇新芽，惊恐地，颤抖于转眼改变的一个陌生姿势。欲望的钢锯，迫不及待地揭开优雅面具，亮出所有狞蓝牙齿。无数把钢锯嗷叫着加入进来，在发绿的太阳和鲜嫩的肉躯间率性割伐、舞噬。一座又一座活着的绿塔轰响倒塌。枝杈累叠，飞叶如瀑。痛，尖锐而又广阔。无法辨数的突然裸露的失血年轮，像众多年轻、痉挛的美丽女性的脸；不能目睹但分明存在的溅射于空气中的树血，在光洁的早晨肌肤表面正缓缓下淌。

锯。锯树，持续不停的钢铁的割锯。清激鲜烈的树香，从黑暗、甜蜜的生命内部涌出，沾带深深的、爱怜与暴力的伤，弥漫此刻南国。

正午

所有南方街镇的本质，是深刻黑夜。包括旧雨、竹橱、忧郁的卧室、沾染浓重子夜意味的木柱，以及深渊般的古老烟酒铺（光滑斜木纹柜台的油黑深渊）。街檐与街檐衔接部分的黑夜，在一天中的一个时间（条件是晴昼），必定会被太阳，这锐利的土制火焰切割器割破。由狭长伤口，天际白炽的气流，尽情涌灌而下。永恒黑暗的乡镇国度，因这狭长、白炽的气体瀑流，虽然有些惊恐，但整体，它依然是那种传统的缓慢与愈加古老的阴湿。

一个从黑暗门框——也可理解为遥远年代内——出来的少年穿街而奔，他白色汗衫的小小肉体，在街心，在触碰到白炽、直泻气流的一刹那，就已完全……如神话般烧熔。

作者描写的内容并不新颖，反倒有些陈旧和黯淡，如红木、稻子、芦花、祠堂、隐喻、锯齿和正午等。不过，问题的关键不是写什么，而是怎样写。黑陶突破了过于现实主义的描写，也与传统的浪漫主义表现手法区别开来，以象征主义等手法精雕细刻他笔下的人、事、情、景、物。他的《一个关于中国的隐喻》很有代表性。

象征主义往往反对肤浅的抒情和直露的说教，主张情与理统一，并通过象征、暗示、意象、隐喻、自由联想和语言的音乐性等去表现理念世界的美和无限性，以便曲折地表达作者的思想和复杂微妙的情绪、感受。像写“红木”，作者主要是为了表达“它的内部仍然存留香气，存留，一个家族的秘密香气”；如写“祠”，作者主要表达“先人和祖宗使劲张大的暗血口腔”的感想；还有写“中国的隐喻”，作者主要通过“无头人像”象征中国的涅槃与重生。值得注意的是，当作者写到“幻稻与火焰”时，他这样写“黑暗中的黎明”：“……像一颗硕大的黑水晶露珠悬挂在一下子变得空旷的苏南平原的额顶，黑暗黎明越聚越沉。现在，这颗又黑、又沉、又亮的露珠依然没有滑坠，远处公鸡的一声啼叫中，她正忍受着保持最后的、疼痛般的……平衡。”这既是一个令人惊诧的比喻，更是一个民族心灵觉醒的黎明，具有象征主义的内蕴。

印象主义的影响在黑陶的作品中也非常突出。印象主义往往更注重强烈的主观感受，尤其是对于光和色有着非常独特的体验。就如同莫奈的《日出·印象》和凡高的《星月夜》《向日葵》，在有些模糊中闪现着耀眼的光焰。如作者写道：“一束束弯垂的沉甸甸的作物火焰，被他们从大地上抱起（怀抱火焰的人在大地上移动）；雪亮如镜的锋刃里，谦逊结实的稻谷之火，正瀑布似的泻满冬天幽深的仓廪。”又如对朝阳喷薄欲出的描写也是如此，作者称之为“神鱼”，既是象征又是印象。再如写芦花时，作者这样描绘道：“……蔓进梦里的芦雪在低低的天空下劲舞，这些白色的火焰——芦花的精灵——在秋风中燃烧至极盛的时候，农民们知道，真正大雪飘洒的冬季，就将来临。”还有写到钢锯锯树，作者也用印象主义的眼光观察和描写，光、色和影在作品中飞舞、溅射、流淌。

值得强调的是，作者既有一颗火热之心，又有一颗仁慈之心，这是黑陶作品能达到较高境界不可缺少的因素。如作者用“伤”来写钢锯锯树，这就避免了暴力书写，而是站在悲悯和仁慈的角度，来看树木之痛、大地之痛，也写钢锯之凶残。作者写道：“锯。锯树，持续不停的钢铁的割锯。清激鲜烈的树香，从黑暗、甜蜜的生命内部涌出，沾带深深的、爱怜与暴力的伤，弥漫此刻南国。”从中可见，作家有着一颗柔软美好的心灵。如作者将仁慈寄托于树，将受伤之树比成遭受蹂躏的美丽女性，他说：“无法辨数的突然裸露的失血年轮，像众多年轻、痉挛的美丽女性的脸；不能目睹但分明存在的溅射于空气中的树血，在光洁的早晨肌肤表面正缓缓下淌。”作者还对小猪的生存状态产生悲悯，其描写极其鲜活生动。柔软、温暖、光明在黑陶的作品中流淌，读之不能不令人感动和心悦诚服。

重视自己的独特感受，突出自己的独特表达，甚至在词句上打破常规，另辟新径，这是黑陶《一个关于中国的隐喻》的另一特点。如作者笔下有这样的语词：“晃耀”“磨拱”“腴嫩”“堆泻”，这是为了更贴切地表达一己感受所创造出来的。

（王兆胜）

外国卷

徒步旅行

〔法国〕卢梭

我最懊悔的是不曾写旅行日记，使我今天记不起旅行生活的细节。可以说，我从来没有像在徒步旅行中那样充分思想、充分存在、充分生活、充分体现自我。步行包含某种能够使我的头脑兴奋和活跃的东西：我静止不动时几乎不能思索……

记得我曾经在一条沿着罗讷河或索思河蜿蜒的小路上度过了一个美妙的夜晚，因为我记不清是其中哪条河了。路那边是高出地面的园地。那天日间十分炎热，夜色是迷人的：露水湿润着干枯的野草；风儿不兴，万籁俱寂，空气凉爽而不寒冷；落日在空中留下红色的烟霞，将河水映成玫瑰色；园中树上栖息着百灵鸟，它们婉转啼鸣，隔枝唱和。我如痴如醉地漫步着，用我的感官和心灵享受这一切，只因为没有人同我一起分享而感到惋惜。我沉湎于甜美的遐想，直到深夜还在继续我的漫步，而没有疲倦的感觉。但我终于困乏了……树枝是我床顶的华盖：一只百灵鸟刚好栖息在我头上，它的歌声伴随我进入梦乡。我的睡眠是甜蜜的，我的苏醒更是如此。天色大亮了：我睁开眼睛，看见河流、苍翠的树木、令人赞叹的景色。我站起来，抖抖身上的尘土，觉得饥肠辘辘。我欢快地朝城市方向走去，决定用剩下的两枚银币美餐一顿。我神智飞扬，一路哼着歌……

徒步旅行中我随心所欲，想停就停下来。我最适宜过漂泊的生活。天气晴朗时，步行在路上，周围是秀丽的景色，前方是惬意的目的地：这就是我最喜欢的生活方式。而且，人们已经知道我说的风景秀丽指的是什么。依我看，平原地区无论如何优美，也不符合这个要求。我认为必须有激流、巉岩、茂林、高山、起伏的道路、近在咫尺的万丈深渊。我在尚贝里附近看见的就是这样的景色，我尽情欣赏它。在巴德莱萨山附近，有一条在岩石中开凿而成的大路，路边是河水花了千万个世纪淘洗而成的深渊，深渊里有一条小河在奔腾翻滚。为了安全，人们沿着路边筑了一堵护墙：这样我就能尽情欣赏渊底的景色，任自己头晕目眩，因为我之所以喜爱陡壁巉岩就是这个缘故；只要我处于安全的位置，我是喜欢这么做的。我兴致勃勃，手扶着护墙，伸头俯瞰翻腾的泡沫和蓝色的河水，一待就是几个钟头；千仞之下，乌鸦和猛禽在岩石和荆棘间翱翔，它们的叫声同河水的咆哮相呼应。在山坡比较平缓和荆棘比较稀疏的地方，我拾取一些我搬的动的大石头；我把石头垒在护墙之上，然后逐个扔下去；我看见石块滚动、跳跃、碎片横飞，最后到达崖底，而我感到莫大的愉快。

在距尚贝里更近的地方，我见过类似的、但位于相反方向的风光。道路在我平生所见的最壮观的瀑布下面穿过。山峰壁立，飞流直下，形成一个拱洞，行人有时可以在瀑布和岩石之间穿过而不濡湿衣裳。但人们如果不留心，是很容易上当的，我就有这样的经验：因为瀑布极高，落下时分成许多小股，散落成水沫，当你太靠近这迷蒙的烟雾时，并不立即意识到有什么危险，但顷刻之间全身已经湿透了。

我们的先人曾说，读万卷书，行万里路。他们是把读书和旅行同时当作了提高知识水平、了解社会现实的重要途径。如果说，书籍代表的是前人的间接经验，那么旅行所给予人们的则是直接的人生体会。读书只是获得书本知识，而“行路”则是要使这些书本知识因为生命经验的亲历而得到激活。只有这样，所有的知识才能成为属于自己生命的一部分。

西方人也同样注重游历的经验，只是他们最终不一定要像中国古代的某些知识分子那样，要把一切经验变成可以实用的财富，他们注重的是享受自然、享受过程。卢梭在青少年时期，即在华伦夫人的影响下喜欢上了漫游生活。“他最伟大的教师，并不是任何一种书籍，他的教师是‘自然’。”这教师不仅使他欣赏到大自然的神奇美妙，而且陶冶了他的性情，更重要的是直接影响了他的人生观。作为近代著名的教育家，卢梭主张“性善论”，强调尊重受教育者的天性，提倡“归于自然”的教育理念，要培养“自然人”（有和谐自然的人格），这是不同于以往的新人形象，具有重要的历史意义。卢梭的这种教育理念，与他热爱大自然，喜纵情于奇山异水的性情无疑是契合的。

（焦红涛）

瓦尔登湖（节选）

〔美国〕梭罗

冬天的湖

睡过了一个安静的冬天的夜晚，醒来时，印象中仿佛有什么问题在问我，而在睡眠之中，我曾企图回答，却又回答不了——什么——如何——何时——何处？可这是黎明中的大自然，其中生活着一切的生物，她从我的大窗户里望进来，脸色澄清，心满意足，她的嘴唇上并没有问题。醒来便是大自然和天光，这便是问题的答案。雪深深地积在大地、年幼的松树上面，而我的木屋所在的小山坡似乎在说："开步走！"大自然并不发问，发问的是我们人类，而它也不作回答。它早就有了决断了。

"啊，王子，我们的眼睛察审而羡慕不置，这宇宙的奇妙而多变的景象便传到了我们的灵魂中。无疑的，黑夜把这光荣的创造遮去了一部分；可是，白昼再来把这伟大作品展示给我们，这伟大作品从地上伸展，直到太空中。"

于是我干我黎明时的工作。第一，我拿了一把斧头和桶找水去，如果我不是在做梦。过了寒冷的、飘雪的一夜之后，要一根魔杖才有办法找到水呢。水汪汪的微抖的湖水，对任何呼吸都异常敏感，能反映每一道光和影。可是到了冬天，就冻结了一英尺，一英尺半，最笨重的牲畜它也承受得住，也许冰上还积了一英尺深的雪，使你分辨不出它是湖还是平地。像周围群山中的土拨鼠，它合上眼睛，要睡三个月或三个月不止。站在积雪的平原上，好像在群山中的牧场上，我先是穿过一英尺深的雪，然后又穿过一英尺厚的冰，在我的脚下开一个窗，就跪在那里喝水，又望入那安静的鱼的客厅，那儿充满了一种柔和的光，仿佛是透过了一层磨砂玻璃照进去似的，那细沙的底还跟夏天的时候一样，在那里一个并无波涛而有悠久澄清之感的，像琥珀色一样的黄昏正统治着，和那里居民的冷静与均衡气质完全协调。天空在我脚下，正如它之又在我的头上。

每天，很早的时候，一切都被严寒冻得松脆，人们带了钓竿和简单的午饭，穿过雪地来钓鲜鱼和梭鱼；这些野性未驯的人们，并不像城里的人，他们本能地采用另外的生活方式，相信另外的势力，他们这样来来去去，就把许多城市部分地缝合在一起了，否则的话，城市之间还是分裂的。他们穿着结实的粗呢大衣坐在湖岸上，在干燥的橡树叶上吃他们的午餐，他们在自然界的经验方面，同城里人在虚伪做作方面一样聪明。他们从来不研究书本，所知道和所能说的，比他们所做的少了许多。他们所做的事据说还没有人知道。这里有一位，是用大鲈鱼来钓梭鱼的。你看看他的桶子，像看到了一个夏天的湖沼一样，何等惊人啊，好像他把夏天锁在他的家里了，或者是他知道夏天躲在什么地方。你说，在仲冬，他怎么能捉到这么多？啊，大地冻了冰，他从朽木之中找出了虫子来，所以他能捕到这些鱼。他的生活本身，就是在大自然深处度过的，超过了自然科学家的钻研深度；他自己就应该是自然科学家的一个研究专题。科学家轻轻地把苔藓和树皮，用刀子挑起，来寻找虫子；而他却用斧子劈到树木中心，苔藓和树皮飞得老远。他是靠了剥树皮为生的。这样一个人就有了捕鱼权了，我爱见大自然在他那里现身。鲈鱼吃了蛴螬，梭鱼吃了鲈鱼，而渔夫吃了梭鱼；生物等级的所有空位就是这样填满的。

当我在有雾的天气里，绕着湖阔步时，有时我很有兴味地看到了一些渔人所采取的原始的生活方式。也许他在冰上掘了许多距离湖岸相等的小窟窿，各自距离四五杆，把白杨枝横在上面，用绳子缚住了丫枝，免得它被拉下水去，再在冰上面一英尺多的地方把松松的钓丝挂在白杨枝上，还缚了一张干燥的橡叶，这样钓丝给拉下去的时候，就表明鱼已上钩了。这些白杨枝显露在雾中，距离相等，你绕湖边走了一半时，便可以看到。

……

水是这样的透明，二十五至三十英尺下面的水底都可以很清楚地看到。赤脚踏水时，你看到在水面下许多英尺的地方有成群的鲈鱼和银鱼，大约只一英寸长，连前者的横行的花纹也能看得清清楚楚，你会觉得这种鱼也是不愿意沾染红尘，才到这里来生存的。有一次，在冬天里，好几年前了，为了钓梭鱼，我在冰上挖了几个洞，上岸之后，我把一柄斧头扔在冰上，可是好像有什么恶鬼故意要开玩笑似的，斧头在冰上滑过了四五杆远，刚好从一个窟窿中滑了下去，那里的水深二十五英尺，为了好奇，我躺在冰上，从那窟窿里望，我看到了那柄斧头，它偏在一边头向下直立着，那斧柄笔直向上，顺着湖水的脉动摇摇摆摆，要不是我后来又把它吊了起来，它可能就会这样直立下去，直到木柄烂掉为止。就在它的上面，用我带来的凿冰的凿子，我又凿了一个洞，又用我的刀，割下了我看到的附近最长的一条赤杨树枝，我做了一个活结的绳圈，放在树枝的一头，小心地放下去，用它套住了斧柄凸出的地方，然后用赤杨枝旁边的绳子一拉，这样就把那柄斧头吊了起来。

瓦尔登的风景是卑微的，虽然很美，却并不是宏伟的，不常去游玩的人，不住在它岸边的人未必能被它吸引住。但是这一个湖以深邃和清澈著称，值得给予突出的描写。这是一个明亮的深绿色的湖，半英里长，圆周约一英里又四分之三，面积约六十一英亩半；它是松树和橡树林中央的岁月悠久的老湖，除了雨和蒸发之外，还没有别的来龙去脉可寻。四周的山峰突然地从水上升起，到四十至八十英尺的高度，但在东南面高到一百英尺，而东边更高到一百五十英尺，其距离湖岸，不过四分之一英里及三分之一英里。山上全部都是森林。所有我们康科德地方的水波，至少有两种颜色，一种是站在远处望见的，另一种，更接近本来的颜色，是站在近处看见的。第一种更多靠的是光，根据天色变化。在天气好的夏季里，从稍远的地方望去，它呈现了蔚蓝颜色，特别在水波荡漾的时候，但从很远的地方望去，却是一片深蓝。在风暴的天气下，有时它呈现出深石板色。海水的颜色则不然，据说它这天是蓝色的，另一天却又是绿色的了，尽管天气连些微的可感知的变化也没有。

我们这里的水系中，我看到当白雪覆盖这一片风景时，水和冰几乎都是草绿色的。有人认为，蓝色“乃是纯洁的水的颜色，无论那是流动的水，或凝结的水”。可是，直接从一条船上俯瞰近处的湖水，它又有着非常之不同的色彩。甚至从同一个观察点，看瓦尔登是这会儿蓝，那忽儿绿。置身于天地之间，它分担了这两者的色素。从山顶上看，它反映天空的颜色，可是走近了看，在你能看到近岸的细沙的地方，水色先是黄澄澄的，然后是淡绿色的了，然后逐渐地加深起来，直到水波一律地呈现了全湖一致的深绿色。却在有些时候的光线下，便是从一个山顶望去，靠近湖岸的水色也是碧绿得异常生动的。有人说，这是绿原的反映；可是在铁路轨道这儿的黄沙地带的衬托下，也同样是碧绿的，而且，在春天，树叶还没有长大，这也许是太空中的蔚蓝，调和了黄沙以后形成的一个单纯的效果。这是它的虹色彩圈的色素。也是在这一个地方，春天一来，冰块给水底反射上来的太阳的热量，也给土地中传播的太阳的热量溶解了，这里首先溶解成一条狭窄的运河的样子，而中间还是冻冰。

1845年，梭罗来到了瓦尔登湖畔，自建了一个小木屋，一住就是两年。《瓦尔登湖》即是他对这两年林中生活所见所思所悟的记录。《瓦尔登湖》是一本奇特的书，也是一本清新、健康、引人向上的书，它向世人揭示了作者在回归自然的生活实验中所发现的人生真谛。要真正地读懂这本书，就要了解梭罗的思想；而要了解梭罗的思想，就不能不提到爱默生，他们的名字是连在一起的。“世界将其自身缩小成为一滴露水”是爱默生的名言，它强调的是人类与万物本质上的统一，人内在的法则是可以在自然界中找到某种对应的，这也是超验主义者所着力强调的观点。梭罗是爱默生理论的积极实践者，1845年，梭罗只身来到瓦尔登湖，以实践他所谓的“生活得诗意而神圣”的“生活的艺术”。在他看来，现代社会中的人，尽管每一天都在生活，但是实在是不懂生活的艺术，他们在不断膨胀的贪欲的支配下盲目地生活，这是人类为自己精心制造的“金银的镣铐”，这奢华的生活使人类付出了沉重的代价，人类必须反省自己的行为，从自然万物的节律中聆听生命的真谛，追求一种智慧的人生——这种人生就在瓦尔登湖的启示中。

在瓦尔登湖居住的岁月，面对优美的自然山水，梭罗的天性苏醒了，他的记述因此就处处带上了神奇的艺术的魅力，哲理与诗情在这里奇妙地融汇了。因此，《瓦尔登湖》既是属于哲学的，也是属于艺术的。这里节选的几部分只能让我们初步领略瓦尔登湖的魅力：冬天的湖在作者细腻的观察和描述中仿佛复原了夏天的活力；水中的鱼仿佛是为了逃避红尘才生存在这里的，仿佛它们也懂得生活的艺术。掉在水中藏匿得那么深的、带有腐朽危险的斧柄让我们想起中国古代“烂柯”的故事，时光在这里会放慢了脚步吧！湖水中的鱼以那么奇妙的方式被钓出来，大自然以如此丰厚物藏馈赠给人们，但它只属于爱它懂得它的人。瓦尔登湖水的颜色有着谜一样的梦幻色彩，没有发现美的眼睛是不配享有的……通过这些片断的阅读，我们在字里行间体会到梭罗对于瓦尔登湖的热爱，对于小屋的热爱，对于山林生活的热爱。我们可以感受到这些文字释放出来的宁静心情——《瓦尔登湖》本来就是一本沉静的书，甚至是有点寂寞孤独的书，如果心没有安静下来，恐怕很难进入到梭罗的世界中，当然也很难体会到那些平淡语句中蕴藏着的深刻哲思和丰厚感情。这对处于忙碌和焦虑状态的现代人来说，很可能成为一份精神的大餐和深刻的生活哲学。

（焦红涛　刘江凯）

村

〔俄国〕屠格涅夫

这是六月的最后一天。在周围一千俄里之内，便是俄罗斯——我的故乡。

均匀的蓝色染满了整个天空；天上只有一片云彩——不知是在飘浮呢，还是在消散。没有风，天气晴和……空气像新鲜牛奶那样清净！

云雀在高声鸣叫；鼓胸鸽在咕咕低语；燕子在静悄悄地翱翔；马儿有的在打响鼻，有的在嚼草；狗儿没有发出吠声，站在一旁温驯地摇着尾巴。

空气里散发着烟和青草的气味，还夹杂着一点儿松脂和皮革的气味。大麻田里开满了大麻花，散发着浓郁的令人愉快的芳香。

一条深深的斜谷。两边种着成排的杨树，树叶婆娑，下面的树干却已龟裂了。一条小溪沿着山谷流去；透过碧清的涟漪，溪底的小石仿佛在颤动。远处，在天和地的交界线上，出现了一条大河的碧流。

沿着山谷——一边是整齐的小粮仓，门儿紧闭着的小堆栈；

另一边是五六间薄木板屋顶的松木小农舍。每个屋顶都竖着一根长长的掠鸟竿；每家门前都有一匹结实健壮的短鬃小马，粗糙不平的窗玻璃上，辉映出虹的色彩。木板套窗上描绘了花瓶。每座小农舍前，都端端正正地摆着一张完好的条凳；猫儿在土堆上曲蜷成团，耸着透明的耳朵；高高的门槛外边，是凉爽幽暗的阴影。

我铺开马衣，躺在山谷的边缘；四周是一堆堆香气扑鼻、刚刚割下的干草堆。机灵的农人们，把干草散放在小农舍前边：让它在向阳处晒得更干透一些，然后再从那儿放到草棚去！要是睡在那上面，再舒服不过了！

孩子们鬈发的头，从每一个干草堆里钻出来；有冠毛的牝鸡，在干草中寻觅着蚊蚋和甲虫。一只白唇小狗，在蓬乱的草堆里翻滚。

亚麻色头发的少年们穿着洁净的低束着腰带的衬衫，穿着笨重的镶边皮靴，胸部靠在卸了马的大车上，彼此交谈着有趣的话题，谑笑着。

一个圆脸的年轻女人，从窗口伸出头来探望；她笑着，不知道是听了他们的话发笑呢，还是在笑干草堆里的孩子的喧闹。

另一个年轻女人用两只有力的手，从井里拉出一个湿淋淋的大吊桶……吊桶不住地颤抖，在绳子尾端摇晃，掉出长长的闪光的水滴。

在我面前，站着一个老农妇，穿着新的方格布裙子和崭新的毛皮鞋。

一挂大空心串珠在她黝黑瘦弱的膀子上绕了三圈；一块染有红点点的黄色头巾裹着她的头发，直到黯淡无神的眼睛上边。

可是，她那对老眼睛却含着欢迎的笑意；整张皱纹的脸上，堆满了笑容。想必这老太婆已经年逾七旬了……然而即使现在，也还可以看出来：她年轻时候曾是个美人！

她伸开晒黑的右手手指，直接从地窖里拿出一壶上面浮着一层奶酪的冷牛奶；壶唇四边沾着点点奶汁，好像一串串珍珠。老太婆用右手掌递给我一大块还热烘烘的面包。“吃吧，”她说，“祝你健康，远方的客人！”

一只雄鸡忽然高声啼鸣，并且烦躁地拍着翅膀，响应它的是一头拴着的牛犊不急不忙的哞哞声。

啊，俄罗斯自由之村的富足、宁静、丰饶啊！啊，和平和幸福啊！

我于是想到：对我们这儿的人来说，君士坦丁堡的圣索非亚教堂圆顶上的十字架，以及我们城里人所孜孜追求的一切，又算得什么呢？

“啊，俄罗斯自由之村的富足、宁静、丰饶啊！啊，和平和幸福啊！”当我们的阅读像水一样随着屠格涅夫的文字流淌时，我们一定会像作者一样呼唤出这句诗来。

作为俄罗斯乡村的最生动和美丽的表现，屠格涅夫的散文与诗歌历来是人们称赞的典范，这篇作品又是其中的名篇之一。

这是多么令人感到快乐和幸福的阅读呀，整个世界仿佛都飘溢着俄罗斯牛奶一样的清净空气！阳光充足，白云悠悠，燕雀翱翔，百兽欢腾，空气中到处弥漫着快乐生活的味道，天地间呈现出一派祥和安生的景象。所有的人都在微笑，他们的面容，他们的动作，他们的神态，甚至他们的衣服和那些劳动用的工具，都在微笑。阅读这样的文字，自由和快乐也会从你的心底悄悄涌起，迅速奔腾，澎湃而出。你需要一个渠道来倾泻你的愉悦感受，于是作者恰到好处地送出一句感慨：啊，富足、宁静、丰饶的俄罗斯自由之村！你是多么和平幸福啊！和这样的自由之村相比，城里人孜孜追求的一切的确什么也不是。

（刘江凯）

钟表

〔法国〕波德莱尔

中国人从猫的眼睛里看时间。

有一天，一个传教士在南京郊区散步，发现忘记了带表，就问旁边一个小男孩什么时间了。

那天朝之子先是踌躇了一下，起初犹疑着，接着便改变了主意，回答说："我这就告诉您。"

过了一小会儿，那孩子出来了，手里抱着一只肥大的狸猫。他就像人们讲的那样，向猫眼里看了看，毫不犹豫地说："现在还没到正午呢。"

确实是如此。

而如果我向美丽的费利娜凑近，它的名字是这样美妙，同时既是它那一种类的荣誉，又是我心中的骄傲和精神上的芳香，不管是白天还是黑夜，在四射的光芒中还是在混沌的黑暗里，在它可爱的眼睛的深处，我总可以看到清楚的时间，永远专一的时间。空阔而庄严，像宇宙一样博大，没有分秒的分截——一个时钟上找不到的静止的时间。然而，这时间却轻柔得像一声叹息，迅速得像一道眼光。

当我把眼睛盯在这美妙的钟盘上时，如果有某个不知趣的人来打扰我，某个不正派不可容忍的妖精或某个不识时务的幽魂和我说：“你在看什么，那么仔细？你从这动物的眼睛里找什么呢？你看到时间了吗，浪荡鬼？”

我会马上回答说：“是的，我看到了时间：那就是永恒！”

难道不是吗，太太？一首值得品味的牧歌，如您本身那样奇妙。实际上，我十分愉快地向您吐出这矫饰的媚情，可我并不向您索取任何酬报。

《时钟》似乎是写动物的，又不仅仅是写动物的。西方人对东方世界总是充满了好奇之心，在其传统中，猫又是动物中最富有神秘色彩的。猫的眼睛大而明亮，夜晚双目如电，所以他们便附会出中国人可以从猫的眼睛里看到时间的传说。但作者显然不是仅仅惊奇于一个遥远的传说，也许这个故事隐藏有作者更深的意图。美丽的费利娜是作者自我追求的写照，是自我的一面镜子，“是我心中的骄傲和精神上的芳香……（那里有）永远专一的时间。空阔而庄严，像宇宙一样博大，没有分秒的分截……”相较于动物的世界，人的世界是令人厌倦的，有不知趣的人来打搅“我”，有不正派不可容忍的妖精或某个不识时务的幽魂来和“我”说话，这是庸俗的世界。时间在这里已经不再是匀质抽象的存在本身，而意味着理想的生活蓝图。诗人以对眼睛中的世界的追求，表达了对丑恶的现实的坚决拒绝，这正是典型的波德莱尔式的反抗。

（焦红涛）

审判所

〔英国〕王尔德

人死了，赤裸裸地来到了上帝的审判所。

上帝打开了人的生命簿。

上帝对人说："你一生都做坏事，对那些需要救济的人你表示残酷；对那些急需帮助的人，你表示凶狠和无情；贫穷的人向你求助，你不去听他们，你不理睬那些受苦的人的哀叫声；你将财富据为己有，你把狐狸放进邻人的葡萄园；你夺去小孩们的面包，拿给狗吃；我让那些麻风病人居住在沼泽地上，过着和睦的生活，赞美着我，你却把他们赶到大路上；我用土造出你来，可是你却使我的土地上流着无辜者的血。"

人回答说："我的确做过这些事情。"

上帝又打开了人的生命簿。

上帝对人说："你一生都做坏事，我显示出来的'美'，你追求它；我隐藏着的'善'，你却毫不注意。你房间的墙壁上绘满了图像，你听见笛声就从你放荡的床上起来。你筑了七个祭坛来奉祀我所受的罪孽，你吃了不应当吃的东西，你衣服上绣着三个耻辱的记号。你崇拜的不是能够久存的金或银的偶像，却是会死去的肉身。你用香膏涂在他们的头发上，又放了白榴在他们的手中。你用番红花擦他们的脚，又在他们面前铺上地毯。你用锑粉染他们的眼皮，用草药擦他们的身体。你在他们面前鞠躬到地，你把我偶像的宝座放在不知何处。你给太阳看见你的丑行，给月亮看见你的疯狂。”

人回答说：“我的确做过这些事情。”

上帝又打开了人的生命簿。

上帝对人说：“你一生都做坏事，你以恶报善，用侵害报答仁慈。你弄伤抚养你的双手，你轻视给你吃奶的乳房，让向你讨水喝的人忍渴而去；亡命的人晚上把你藏在他们的帐幕里，你不等到天亮就告发了他们；你的仇敌没有害你的性命，你却暗算了他；你的朋友跟你在一块儿走路，你得到钱就出卖了他；对那些给你带来‘爱’的人，你却以‘欲’报答。”

人回答说：“我的确做过这些事情。”

上帝合上了人的生命簿，说：“我一定要把你送到地狱里去。我的确就要送你到地狱里去。”

人叫起来：“你不能。”

上帝对人说：“为什么我不能送你到地狱，你有什么理由？”

“因为我一直就住在地狱里面。”人回答道。

裁判所中寂静无声。

过一会儿上帝说话了，他对人说：“我既然不可以把你送进地狱，那么我一定要送你到天堂。我的确得送你到天堂里去。”

人叫起来：“你不能。”

上帝对人说：“为什么我不能送你进天堂，又有什么理由？”

“因为不论在什么地方，我绝对想象不出天堂来。”

裁判所里寂静无声了。

王尔德在这篇寓言式的散文诗里，以审判人的名义审判了神圣的上帝。人死了以后到上帝的审判所时是“赤裸裸”的，这本身就对那些活着时醉心于敛财和欲望追求的人们构成了一种嘲讽。上帝三次打开了人的生命簿，每次都列举了人在世间犯过的种种罪恶，人在这些罪恶面前也都一一承认。于是上帝合上人的生命簿做出第一次判决：一定要把人送到地狱里去。但人却告诉上帝：他一直就生活在地狱中。上帝大概除了地狱外只有天堂了，所以一定要把人送到天堂里去，但人同样也拒绝了上帝的判决，因为不论在什么地方，他都绝对想象不出天堂的样子。裁判所里的寂然无声其实宣告了上帝审判的失败，作为创造和统治人类的上帝，面对人类的罪恶，其实是无能可笑的。黄金的世界并不存在，现实的统治倒是永远进行，上帝也许只是统治者用来欺骗人类的幌子，那些自以为是的人或神可能正是让人类永远处于罪恶深渊的真正原因。

（刘江凯）

金香木花

〔印度〕泰戈尔

如果我闹着玩儿，变成一朵金香木花，长在那树的高枝上，在风中笑得摇摇摆摆，在新生嫩叶上跳舞，妈妈，你认得出是我吗？

你会叫唤：“孩子，你在哪儿啊？”我要暗自好笑，一声也不吭。

我要暗暗展开花瓣，看着你工作。

你洗澡之后，湿发披在两肩，穿过金香木花的阴影，走到小院子里去祈祷时，你会闻到花香芬芳，可你不知道这芳香是从我身上发出来的。

午餐之后，你坐在窗边读《罗摩衍那》，树影落在你的头发与膝头上时，我要把我小而又小的影子投在你的书页上，就投在你正在阅读的地方。

可你会猜到这就是你的小孩子的小而又小的影子吗？

黄昏时分，你手中掌着点亮的灯，走到牛棚里去，我要突然再落到地上，重新成为你自己的孩子，求你给我讲个故事。

“你这顽皮孩子，你上哪儿去了？”

“妈妈，我才不告诉你呢。”这就是我同你要说的话了。

对于孩子来说，童心和母爱往往是一体的，有了母爱的滋养灌溉，孩子才会无忧无虑地成长。如果没有幸福的生活环境，得不到来自家庭的温暖，那么孩子的天性就会受到压抑，也就不会有太多天真可爱的童趣！由这篇文章，也许我们可以推测作家曾经有过温暖的家庭、温馨的母爱。本文的特点在于天真无邪的童趣与孩子丰富的想象力的结合，读来亲切温馨，感人至深！

这是一个顽皮的孩子，和自己的母亲玩起了捉迷藏的游戏。在他的想象中，他变成了金香木花，躲在母亲的身前身后，发散着迷人的香气！只是在黄昏来临的时候，他才突然出现，求母亲讲一个故事。孩子的心态在这样的情节中被生动活泼地表现了出来，而温馨的母子情感在这故事的背后，如同金香木花的香气悄悄地弥散开来……

（焦红涛）

论创造

〔法国〕罗曼·罗兰

生命是一张弓，那弓弦是梦想。箭手在何处呢?

我见过一些俊美的弓，用坚韧的木料制成，了无节痕，谐和秀逸如神之眉；但仍无用。

我见过一些行将震颤的弦线，在静寂中战栗着，仿佛从动荡的内脏中抽出的肠线。它们绷紧着，即将奏鸣了……它们将射出银矢——那音符——在空气的湖面上拂起涟漪，可是它们在等待什么?终于松弛了。永远没有人听到乐声了。

震颤沉寂，箭枝纷散。

箭手何时来捻弓呢?

他很早就来把弓搭在我的梦想上。我几乎记不起何时我曾躲过他。只有神知道我怎样地梦想！我的一生是一个梦。我梦着我的爱，我的行动和我的思想。在晚上，当我无眠时，在白天，当我幻想时，我心灵中的谢海莱莎特就解开了纺纱竿。她在急于讲故事时，把她梦想的线索搅乱了。我的弓跌到了纺纱竿一面。那箭手，我的主人，睡着了。但即使在睡眠中，他也不放松我。我挨近他躺着，我像那把弓，感到他的手放在我光滑的木杆上。那只丰美的手、那些修长而柔软的手指，它们用纤嫩的肌肤抚弄着在黑夜中奏鸣的一根弦线。我使自己的颤动融入他身体的颤动中，我战栗着，等候苏醒的瞬间，那时神圣的箭手就会把我搂入他怀抱里。

所有我们这些有生命的人都在他掌中。灵智与身体，人，兽，元素——水与火——气流与树脂——一切有生之物……

生存何足道！要生活，就必须行动。您在何处，Primnsmovens？我在向您呼吁，箭手！生命之弓在您脚下横着。俯下身来，拣起我吧！把箭搭在我的弓弦上，射吧！

我的箭如飘忽的羽翼，嗖地飞去了。那箭手把手挪回来，搁在肩头，一面注视着向远方消失的飞矢；而渐渐地，已经射过的弓弦也由震颤而归于凝止。

神秘的发泄！谁能解释呢？一切生命的意义就在于此——在于创造的刺激。

万物都在期待着这刺激的状态中生活着。我常观察我们那些小同胞，那些兽类与植物奇异的睡眠——那些禁锢在茎衣中的树木、做梦的反刍动物、梦游的马、终生懵懵懂懂的生物。而我在它们身上却感到一种不自觉的智慧，其中不无一些悒郁的微光，显出思想快形成了：

“究竟什么时候才行动呢？”

微光隐没。它们又入睡了，疲倦而听天由命……

“还没到时候哪。”

我们必须等待。

我们一直等待着，我们这些人类。时候毕竟到了。

可是对于某些人，创造的使者只站在门口。对于另一些人，他却进去了。他用脚碰碰他们：

“醒来！前进！”

我们一跃而起。咱们走！

我创造，所以我生存。生命的第一个行动是创造的行动。一个新生的男孩刚从母亲子宫里冒出来时，就立刻洒下几滴精液。一切都是种子，身体和心灵均如此。每一种健全的思想是一颗植物种子的包壳，传播着输送生命的花粉。造物主不是一个劳作了六天而在安息日休憩的有组织的工人。安息日就是主日，那伟大的创造日。造物主不知道还有什么别的日子。如果他停止创造，即使是一刹那，他也会死去。因为“空虚”会张开两颚等着他……颚骨，吞下吧，别作声！巨大的播种者散布着种子，仿佛流泻的阳光；而每一颗洒下来的渺小种子就像另一个太阳。倾泻吧，未来的收获，无论肉体或精神的！精神或肉体，反正都是同样的生命之源泉。“我的不朽的女儿，刘克屈拉和曼蒂尼亚……”我产生我的思想和行动，作为我身体的果实……永远把血肉赋予文字……这是我的葡萄汁，正如收获葡萄的工人在大桶中用脚踩出的一样。

因此，我一直创造着。

生命如弓，总需要箭手把梦想的飞矢射出。这是神秘的发泄，一切生命的意义就在于此——在于创造的刺激，万物都期待在这刺激的状态中生活。没有创造，哪怕是一刹那，造物主都会因为空虚而死去。

作者罗曼·罗兰用最热情的方式赞美和呼唤人的创造力。有些人只能让创造的使者站在门口——就像用坚韧的木料制成的俊美良弓却了无用处，就像弓弦在战栗中空空地等待。没有射出的箭只是一些无用的材料，正如没有实现的理想只是生命中无用的幻想。那些兽类与植物可以等待，在懵懵懂懂的睡眠中等待，在等待中听由天意的安排，而我们人类却不可以。一些人在热切地呼吁着箭手：“俯下身来，拣起我吧！把箭搭在我的弓弦上，射吧！”正如作者所言：我创造，所以我生存。创造是倾泻的阳光，是巨大的播种者撒下的种子，创造会丰润每个人的生命，为我们带来无尽的收获。

（刘江凯）

富士的黎明

〔日本〕德富芦花

请有心人看一看此刻的富士的黎明。

午前六时过后，就站在逗子的海淀眺望吧。眼前是水雾浩渺的相模滩。滩的尽头，沿水平线可以看到微暗的蓝色。若在北端望不见相同蓝色的富士，那你也许不知道它正潜隐于足柄、箱根、伊豆等群山的一抹蓝色之中呢。

海，山，仍在沉睡。

唯有一抹蔷薇色的光，低低浮于富士峰巅，左右横斜着。忍着寒冷，再站着看一会吧。你会看到这蔷薇色的光，一秒一秒，沿着富士之巅向下爬动。一丈，五尺，三尺，一尺，而至于一寸。

富士这才从熟睡中醒来。

它现在醒了。看吧，山峰东面的一角，变成蔷薇色了。

看吧，请不要眨一下眼睛。富士山巅的红霞，眼看将富士黎明前的暗影驱赶下来了。一分，两分，肩头，胸前。看吧，那伫立于天边的珊瑚般的富士，那桃红溢香的肌肤，整座山变得玲珑剔透了。

富士于薄红中醒来。请将眼睛下移。红霞早已罩在最北面的大山顶上了。接着，很快涉及足柄山，又转到箱根山。看吧，黎明正脚步匆匆追赶着黑夜。红追而蓝奔，伊豆的连山早已一派桃红。

当黎明红色的脚步越过伊豆山脉南端的天城山的时候，请把你的眼睛转回富士山下吧。你会看到紫色的江之岛一带，忽儿有两三点金帆，闪闪烁烁。

海已经醒了。

你若伫立良久仍然毫无倦意，那就再看看江之岛对面的腰越岬赫然苏醒的情景吧。接着再看看小坪岬。还可以再站一会儿，当面前映着你颀长的身影的时候，你会看到相模滩水汽渐收，海光一碧，波明如镜。此时，抬眼仰望，群山退了红装，天由鹅黄变成淡蓝。白雪富士，高倚晴空。

啊，请有心人看一看此刻富士的黎明。

作为日本著名的文学家，德富芦花喜欢歌咏日本的自然风光，而富士山更是特别地吸引着他的目光。一个偶然的机会，德富芦花目睹了富士山的黎明，作者被这微妙的晨曦景色深深吸引，并渴望与别人一起分享这份快乐和美妙。在这里，德富芦花以工笔画般的精细让我们领略了他的刻画能力。作者观察的视线从山巅开始，随着光线一秒一秒地下移，富士山渐次呈现出不同的色彩和层次，先是代表沉睡的深蓝色，然后是蔷薇色，接着，出现了珊瑚般的色彩，光彩夺目，“那桃红溢香的肌肤，整座山变得玲珑剔透了”。在这之后，是漫天的红霞——红色对蓝色的胜利，光明对黑暗的胜利。最后，整个富士山又由红色、鹅黄变为淡蓝色，并和白雪覆盖的山顶交相辉映，流光溢彩，亮丽夺目。随着山峦、大海、万物从沉酣中一一苏醒，我们感受美的沉睡之心也会一起苏醒。

（刘江凯）

山口

〔俄国〕蒲宁

夜幕已垂下很久，可我仍举步维艰地在崇岭中朝山口走去，朔风扑面而来，四周寒雾弥漫，我对于能否走至山口已失却信心，可我牵在身后的那匹浑身湿淋淋的、疲惫的马，却驯顺地跟随着我亦步亦趋，空荡荡的马蹬叮叮当当地碰响着。

在迷蒙的夜色中，我走到了松林脚下，过了松林便是这条通往山巅的光秃秃的荒凉的山路了。我在松林外歇息了一会儿，眺望着山下宽阔的谷地，心中漾起一阵奇异的自豪感和力量感，这样的感觉，人们在居高临下时往往都会有的。我遥遥望见山下很远的地方，那渐渐昏暗下去的谷地紧傍着狭窄的海湾，岸边点点灯火犹依稀可辨。那条海湾越往东去就越开阔，最终形成一堵烟霞空蒙的暗蓝色障壁，围住了半壁天空。但在深山中已是黑夜了。夜色迅速地浓重起来，我向前走去，离松林越来越近。只觉得山岭变得越来越阴郁，越来越森严，由高空呼啸而下的寒风，驱赶着浓雾，将其撕扯成一条条长长的斜云，使之穿过山峰间的空隙，迅疾地排空而去。高处的台地上缭绕着大团大团松软的雾。半山腰中的雾就是由那儿刮下来的。雾的坠落使得群山间的万丈深渊看上去更显阴郁，更显幽深。雾使松林仿佛冒起了白烟，并随同喑哑、深沉、凄冷的松涛声向我袭来。周遭弥漫着冬天清新的气息，寒风卷来了雪珠……夜已经很深了，我低下头避着烈风，久久地在山林构成的黑咕隆咚的拱道中冒着浓雾向前行去，耳际回响着隆隆的松涛声。

“马上就可以到山口了，”我宽慰自己说，“马上就可以翻过山岭到没有风雪而有人烟的明亮的屋子里去休息了……”

但是半个小时过去了，一个小时过去了……每分钟我都以为再走两步就可到达山口，可是那光秃秃的石头坡道却怎么也走不到尽头。松林早已落在半山腰，低矮的歪脖子灌木丛也早已走过，我开始觉得累了，直打寒战。我记起了离山口不远的松树间有好几座孤坟，那里埋葬着被冬天的暴风雪刮下山的樵夫。我感觉到我正置身于人迹罕至的荒山之巅，感觉到在我四周除了寒雾和悬崖峭壁，别无一物。我不禁犯起愁来：我怎么去走过那些像人的躯体那样黑魆魆地兀立在迷雾中的孤单的石头墓碑？既然现在我就已失去了时间和地点的概念，我还会有足够的力气走下山去吗？

前方，透过飞快地排空而去的浓雾，模模糊糊地可以看到一些黑黢黢的庞然大物……那是昏暗的山包，活脱儿像一头头睡着的熊。我在这些山包上攀行着，从一块石头跨到另一块石头，马吃力地跟着我攀行，马掌踏在湿漉漉的圆石子上，发出叮叮当当的声响，一个劲儿地打着滑。突然我发现路重又开始缓慢地向上升去，折回深山之中！我不由地立停下来，绝望的心绪攫住了我的身心。紧张和劳累使我浑身发抖。我的衣服全被雪淋湿了，朔风更是刺透了衣服，刮得我冷彻骨髓。要不要呼救呢？可此刻连牧羊人也都带着他们的山羊和绵羊躲进了荷马时代的陋屋之中，还有谁会听见我的呼救声呢？我惊恐地环顾着四周：

“我的天啊，难道我迷路了不成？”

夜深了。松林在远方睡意蒙眬地发出一阵阵喑哑的涛声。夜变得越来越神秘诡谲，我感觉到了这一点，虽然我并不知道此刻是什么时间，而我又身在何方。现在，连深谷中最后一星灯火也熄灭了，灰蒙蒙的雾淹没了整个山谷。雾知道它的时刻来到了，这将是漫长的时刻，在此期间大地上的万物似乎都已死绝，早晨似乎永远不会再来，唯独雾将会不停地增多，把森严的群山裹没，在深夜里护卫着它们，除此而外，还有山林会不停地发出低沉的涛声，而在荒凉的山口，雪将会下得越来越大，越来越密。

为了避风，我掉过身子面对着马。和我在一起的生物就只有这匹马了！可马连看都不看我一眼！它已浑身湿透，冷得直打寒战，背拱了起来，背上很不舒服地戳起着高高的马鞍。它驯顺地耷拉着脑袋，两耳紧贴在脑袋上。我狠命地拉紧缰绳，重又把脸转向风雪，重又执着地迎着风雪走去。我试图看清我四周有些什么东西，但是我看到的只是漫天飞驰的灰蒙蒙的雪尘，刺得我眼睛都睁不开来。我侧耳静听，能够听到的只是耳畔呼呼的风声和身后马蹬相互碰撞发出的单调的叮当声……

然而奇怪的是，我的绝望的心情反使我坚强起来。我的步子迈得比以前勇敢了，我怨恨地谴责着某个人逼得我不得不忍受这一切，对那人的谴责使我的心情快活起来。满腔的怨恨化作一种郁悒的坚毅的顺从，甘愿对于凡是我必须忍受的事物都逆来顺受，哪怕永无出路我也感到甜蜜……

临了，我终于走到了山口。但此刻我已经对一切都无所谓了。我走在平坦的草地上。狂风把浓雾像一绺绺发辫似的撕扯而去，几乎要把我吹倒在地，可我却根本没去留意这风。单凭这呼呼的风声，单凭这弥天的大雾就可感觉到夜正深邃地主宰着群山——渺小的人类早已在谷地中一幢幢渺小、寙陋的屋子内进入了梦乡；但我并不着急，并不急于去寻个栖身之所，我咬紧牙关走着，不时嘟嘟囔囔地对马说：

“走，走。只要咱俩不倒下，就豁出命来走。在我的一生中，像这样崎岖荒凉的山口已不知走过多少！灾难、痛苦、疾病、恋人的变心和被痛苦凌辱的友谊，就像黑夜一样，铺天盖地压到我身上——于是我不得不同我所亲近的一切分手，无可奈何地重又拄起云游四方的香客的拐杖。可是通向新的幸福的坡道是险峻的，高得如登天梯，而且在山巅迎接我的将是夜、雾和风雪。在山口等待着我的将是可怕的孤独……但是咱俩还是走吧，走吧！”

我磕磕绊绊地向前走去，仿佛在做梦。离拂晓还早着呢。下山到谷地得走整整一夜的时间，也许要到黎明时方能在什么地方睡上一觉——蜷缩着身子、沉沉睡去，心里只有一个感觉——在冰天雪地中跋涉之后进入温暖梦乡所感到的甜蜜。

天亮后，白天又将以人和阳光使我高兴起来，又将久久地迷惑我……可或许不等白天到来，我就会在山间的什么地方倒下去呢！于是我将永远留在这自古以来荒无人烟的光秃秃的山巅之中，永远留在黑夜和风雪之中了。

在本篇中，作者用迷蒙的夜色、阴郁的山岭、呼啸的寒风、渺茫的山口营造出了阴森、孤独的气氛，记下了“我”在山里的心路历程。在那令人窒息的环境下，陪伴“我”的只有疲惫的马，“我”想呼救但无援救。在“我”面前的只有一座又一座翻不完的高大山岭。面对这些障碍，“我”正如但丁在《神曲》中一样迷失了方向，不知何去何从。但为了幸福，我不得不勇敢面对风霜雨雪，寻找未来的“山口”。

在人生的路途中，我们会遇见各种困难，“痛苦、疾病、恋人的变心”可能会随时袭向我们。在这些困难面前，我们也许紧张、孤独、怀疑、绝望过，但我们应不放弃、不抛弃，在绝望中反抗，勇敢面对一切困苦，相信未来。人生曲折是难免的，但只要有了希望，也许下一站就是你人生的“山口”，是你可以“休息的明亮的屋子”。

（焦红涛）

葡萄卷须

〔法国〕科莱特

从前，夜莺不在夜晚歌唱。他有漂亮的声线，春天一到，他就从早到晚婉转啁啾。他和伙伴们一道在黎明初透灰蓝之光时分起身，他们惊醒的骚动让丁香叶子背面沉睡的甲壳虫都晃悠起来了。

他听到七点、七点半的钟声就歇息了，不管在哪儿，常常是在散发着木樨草味道的葡萄花开的果园里，一觉睡到第二天天亮。

一个春天的夜晚，夜莺立在一根葡萄嫩枝上睡着了，嗉囊圆鼓鼓的，耷拉着脑袋，好像脖子酸了，优雅地弯着。在睡梦中，葡萄的触须，这些柔弱而坚韧的葡萄卷须透出新鲜酸檬既刺激又解渴的气味，葡萄卷须长得那么茂密。那天晚上，夜莺惊醒的时候发现自己被捆住了，爪子被缠在葡萄藤上，翅膀也软弱乏力……

他以为自己快要死了，挣扎着，费尽千辛万苦才得脱身，他发誓整个春天，只要葡萄卷须还在生长他就不再睡觉了。

从第二夜开始，为了让自己硬撑着不睡着——

只要葡萄在生长，生长，生长……

我绝不再酣睡！

只要葡萄在生长，生长，生长……

他变换主旋律，要耍花腔，被自己的嗓音迷住了，成了迷狂、沉醉、娇喘微微的歌手，听到他歌唱的人都情不自禁要看着他歌唱。

我曾见过一只夜莺在月光下歌唱，一只自由自在的夜莺，不知道有人正暗地里偷窥。有时，他歇了歌唱，曲着脖子，仿佛要聆听自身一个音符慢慢消散的袅袅余音……之后他奋力再次歌唱，鼓足气，脖子向后仰，仿佛一个绝望的失恋者。他为歌唱而歌唱，他唱得那么美好，美好到不知道其中的意蕴。至于我，我仿佛又从金嗓子的乐声中听出了低沉的笛吟，水晶般清脆抖动的颤音，清纯而有力的呼唤，仿佛又听到了被葡萄卷须缠住的受了惊吓的夜莺天真的初啼——

只要葡萄在生长，生长，生长……

脆弱的、柔韧的、苦涩的葡萄卷须也把我牵绊住了，当我青春年少、睡得又香又沉的时候。我会蓦然惊醒，我弄断所有那些缠在我皮肤上的卷须，我逃脱……当甜蜜新夜的倦意压在我的眼睑，我担心葡萄卷须，我大声抱怨，这才让我明白那是自己的声音。

独自一人，半夜醒来，我看着妩媚而沉郁的星辰在我眼前升起……为了不让自己再度坠入幸福的梦乡，坠入满架葡萄花开充满谎言的春夜，我聆听自己的声音。有时，我狂热地大声叫着人们习惯缄口不语、习惯低声呢喃的话语——之后，我的声音变得有气无力，渐渐成了低语，因为我不敢继续……

我想倾诉、倾诉，倾诉我所知道的一切，我所想的一切，我所猜测的一切，所有让我欣喜让我受伤让我惊讶的一切；但每每，当聒噪之夜消退、黎明来临之际，一只清凉的理智之手就会按在我的唇上，于是我兴奋的叫喊平息成温和的闲话，恢复了孩子的伶牙俐齿，高声说话不过是为了让自己安心或麻木……

我再也不能享有幸福的睡眠了，但我也不会再害怕那些葡萄卷须了。

科莱特用自己优美的想象解释了夜莺为什么在晚上歌唱：从前，夜莺并不在夜晚歌唱。春天一到，他总是从早到晚婉转啁啾。一个春天的夜晚，夜莺立在一根葡萄嫩枝上睡着了，在睡梦中，葡萄的触须长得那么茂密，夜莺惊醒的时候发现自己被捆住了，爪子被缠在葡萄藤上，翅膀也软弱乏力……他以为自己快要死了，挣扎脱身后发誓整个春天，只要葡萄卷须还在生长他就不再睡觉了。他在夜晚耍耍花腔，成了迷狂、沉醉、娇喘微微的歌手。春天温柔甜蜜的梦差点束缚了夜莺天才的歌喉，夜晚的高歌成了他倾诉梦想的最佳时机。有的时候，我们也会沉浸于人生某一刻的春梦当中，不愿醒来，那甜美的梦却随时可能捆绑住本来应该高飞的翅膀。蓦然惊醒的夜莺以决然的态度弄断所有纠缠的卷须，为了不让自己再坠入幸福的梦乡和葡萄花充满谎言的春夜，他用最嘹亮的歌声在夜间倾诉想到的一切！

亲爱的朋友们，请不要仅仅沉浸于甜蜜的幻想和短暂的幸福，当我们挣开那一缕温柔的卷须，我们将拥有每个明朗之夜的美丽天空。

（刘江凯）

湖·树·山

〔瑞士〕黑塞

从前有一个湖。蓝湖上，蓝天上，高耸着一场春梦，绿的颜色，黄的颜色。那边，天空静静地在拱形的山上休憩。

一个流浪者，坐在树下。黄色的花瓣落在他的肩上。他疲倦，闭上了眼睛。梦从黄色的树上落到他身上。

流浪者变小了，变成了一个小男孩，在屋后的花园里，听着他的母亲唱歌。他看到一只蝴蝶在飞，黄色的，可爱的，蓝天里欢乐的黄色。他去追蝴蝶。他跑过草场，他跳过小溪，他奔到湖畔。蝴蝶飞越浅色的湖水，男孩也飞着去追，光闪闪，轻飘飘，幸福地飞过蓝色空间。阳光照射着他的翅膀。他飞着追逐黄蝴蝶，飞过了湖，飞越了高山。那儿有一片云，上面站着上帝，正在唱歌。上帝周围是天使，天使中的一个，模样像男孩的母亲，站在郁金香花圃旁，斜提着一把绿色洒水壶，给花儿饮水。男孩向天使飞去，自己也变成了天使，拥抱他的母亲。

流浪者揉了揉眼睛，又重新闭上。他摘了一朵红色郁金香，插在他母亲胸前。他又摘了一朵郁金香，插在她的头发上。天使和蝴蝶在飞，世界上所有的鸟和动物和鱼都在这儿，叫到谁的名字，谁就过来，飞到男孩的手里，并属于他，听凭他抚摩，听凭他询问，听凭他送给别人。

流浪者醒来，回想那天使。他听到叶片缓缓地由树上飘落，听到村里有细微的、无声的生命在金色的流体里上下漂浮。山向他这边望过来。山那边，身穿褐色大衣的上帝在唱歌。可以听到他的歌声越过透明的湖面传来。这是一首朴素的歌，它同树里力量的轻微流动声，同心中血液的轻微流动声，同由梦里经过他的全身又返回的金色流体的轻微流动声交融在一起，发出和音。

这时，他自己也开始缓慢地、舒展地歌唱，他的歌谈不上是艺术，它像空气和波浪，它只是一种轻吟，只是像蜜蜂般嗡嗡。这首歌回答了远处唱歌的上帝，树里歌声的流体，以及血液里流淌的歌声。

流浪者久久地这样喃喃歌唱，像一朵钟形花在春风里自鸣，像一个稻草人在草丛中奏乐。他唱了一个小时，或许唱了一年。他唱得像孩子又像上帝，他歌唱蝴蝶，歌唱母亲，他歌唱郁金香，歌唱湖水，他歌唱他的血液和树里的血液。

他继续上路，更深入这温柔之乡，这时，他渐渐地想起了自己的道路，自己的目的，自己的名字。今天是星期二，那边，去米兰的列车在奔驰。他听到唯独在非常遥远的地方，还有歌声越过湖面传来。那儿，站着穿褐色大衣的上帝，他还一直在唱，但是，流浪者越来越听不见这歌声了。

散文诗的开篇首先为我们营造了一个如诗如梦的情境：如开篇就讲“从前有一个湖。蓝湖上，蓝天上，高耸着一场春梦”，时间和空间在这种叙述语调中被拉长并虚化。接下来又写道“一个流浪者，坐在树下”，“梦从黄色的树上落到他身上”，人物的形象也相当模糊。但“梦幻”般的感觉此时却已得到了充分的渲染，犹如悄然而至的大雾，使一切变得朦胧而虚幻起来。

全篇就像一部梦幻般的电影，却又有着电影无法超越的审美效果。蒙太奇式的优美画面在动人的旋律中一幅幅展开，一颗流浪的心在睡梦中显示出它唯美的疲惫和勇敢的追求。黑塞首先为我们呈现了一个远望的全景：蓝色的湖面上，高耸着彩色的春梦，天倚着山休憩。接着拉近镜头：一个流浪者坐在树下，春困的睡意伴随着落花之香阵阵袭来。幻化的幸福随着意识流自由飘荡，也许这只是一场春梦，也许这里还有回忆，也许这里还包含着未来。上帝和天使的出现，不论是在现实中还是在梦里，都让人感受到某种生命的流体荡漾在四周，它们和蓝色的湖，高大的山，密集的树还有人的血液互相呼应着。这力量促使流浪者很想歌唱，歌唱蝴蝶，歌唱母亲，歌唱郁金香，歌唱湖水，歌唱一切！这力量也使流浪者想起了自己的名字、道路和目的。读完全篇，我们会产生一种愿望，那就是要在春暖花开的时节，做一个最美丽的梦，因为那梦会让我们找到自己。

（刘江凯）

爱的一生

［黎巴嫩］纪伯伦

春天。

起来吧，我的心上人，让我们穿过这群小小的山冈。雪已经融化，盆地里、峭壁上的生命都已从梦眼中苏醒，开始萌动。跟我去吧，去看看原野上春的脚印，然后一块儿登上山顶，俯瞰四周盆地里的盎然绿意。

春的彩霞展开了被冬夜卷起的衣裳，这衣裳上闪烁着桃树和苹果树的图案，就像命运之夜出现的新娘子。葡萄园活跃起来了，枝蔓相交，生出一对对情侣。岸坡上的泉流连奔带跳地飞泻而来，反复唱着快乐的歌。从大自然的心坎上盛开鲜花，就像是海面上无数的浪花。

让我们把水仙花盆里的雨迹饮尽，让欢天喜地的鸟鸣来填满心房。快呼吸呼吸微风中弥漫的馨香吧！

让我们坐到紫罗兰覆盖的峭壁上去，去那花丛中交换爱的甜吻。

夏天。

到原野上去吧，我的亲爱的——收割的季节已来临。庄稼完成了生命，在太阳对大自然的热恋中成熟了。我们要走在前头，免得小鸟们赶早啄走了我们的劳动，免得蚂蚁们糟蹋了我们的土地。来吧，来收获大地的奉献，就像心儿收获幸福的果实，这果实是由爱情播洒在我俩心田的忠诚长成的。让自然力造就的后裔们来充实粮仓吧，就像生活丰富着我俩的感情。

来吧，亲爱的朋友，让我们在青草地上躺下，面对辽阔无垠的天空，头枕一束干脆的禾秸，把白天的疲劳消除，倾听山谷里湖水的夜谈。

秋天。

到葡萄园去，我的心上人，让我蓄上一缸甜蜜的果汁，就像心儿把终生的辛苦珍藏；我们还要收拾干果，再从干果里榨出点果汁，用它来勾起回忆，替代过去。

该回去了，回家去！树上的叶子枯黄了，风把它们吹向四面八方，好像派它们去掩埋由于告别了夏天而凋谢的花朵。我们回去吧——鸟儿已经飞往对岸，带走了花园里的欢乐，只留下孤独的茉莉花；最后的眼泪都已滴在大地的皮肤上了。

回去吧！山泉已经停止奔波，泉眼里干竭了高兴的泪水，丘岗脱下了耀眼的衣裳。迈动脚步吧，我的心上人。瞌睡正在诱惑大自然，大自然同狂热的涅哈维特乐曲依依惜别。

冬天。

走近点，我的生命之友，靠我近一点，别让大雪把我俩的身体隔离了。请坐在我的旁边，挨着这炉火。火毕竟是冬天可爱的果实，把你的一生都说给我听听。我的两耳被风的号叫和大地的呻吟折磨得好苦。请关紧门和窗。老天那副怒气冲冲的面孔使我心如刀绞，埋在积雪中的村庄更像个孤苦伶仃的寡妇，一滴一滴从心里淌着血……给灯碗添点油，我的生命之友呀！灯就要熄了。让它留在我的身边，我要看看，夜究竟在你的脸上画了些什么……给我一杯酒，让我们来干一杯，想想收获的季节。

走近点，靠我近一点，我的心爱的人——灯就要熄了，灰烟就要来把它扑灭……拥抱我吧！要知道，灯油耗尽了，黑暗胜利了……岁月的苦酒加重了眼睛的负担……用你那睡意蒙眬的目光望着我……趁梦还没有把我俩抱住，再抱一抱我。吻我吧——现在除了你的吻，一切都被冰天雪地降服了……噢，我的亲爱的，梦的海多么深，噢，早晨多么遥远……在这个世界上！

有的人以皇皇巨著来描述人的一生，可也未必穷尽其中的曲折。有的人以简洁而富有哲理的语言揭示生命的过程，相反却达到了以简驭繁的效果。《爱的一生》正是这样的智慧文字。作者以诗意的笔触，以春夏秋冬四个季节展示了人一生中的四个不同阶段，形象地概括了生命以爱为主题的过程。

春天，冰雪融化，泉流飞溅，万物复苏，与此对应，爱情开始萌动，作者写道："让我们坐到紫罗兰覆盖的峭壁上去，去那花丛中交换爱的甜吻。"这是多么美好的人生序曲啊！夏天是成熟的季节，也是收割的季节，不仅收获了种植，也要收获甜美的爱情。秋天来临了，生命开始褪色，万物逐渐失去了活力，这时候，需要珍藏上个季节的收获，品味生活的充实与甜美。冬季可是严酷的季节，生命为寒冷所苦，曾经明亮的生命的灯盏将要熄灭，那也不要紧，让我们靠近，互相传递温暖，献上这最后深情的一吻……

无论时序如何变幻，季节怎样轮回，无论我们经历怎样的生命过程，得到了怎样的冷与热，宠与辱，我们对爱的追求不变！这既是生命的要义，也是本篇的宗旨所在吧！

（焦红涛）

桥

〔奥地利〕卡夫卡

我僵硬而且冰冷，我是一座桥，我横卧在一条深涧上。我的足趾搁在一边，我的手指紧紧抓住另一边，我把自己牢牢地嵌进碎土里。我的衣摆在一旁飘动着。下面深深的地方流着冰冷的鳟鱼溪。没有半个旅客到此无法通行的高地游荡，任何地图上都找不到这座桥的足迹。所以，我躺下并且等候，我只有等待。只要不坠落，一旦跨卧为桥，便无法停止做一座桥。

有天接近傍晚的时刻——是第一日？抑或第一千日？我分辨不清——我的思绪混淆惶乱，永远绕着一个圈子回转。那是夏日将近黄昏的时候，溪流的怒号渐渐变得更低沉，我听到了人类的脚步声！对着我来，对着我来。挺起你的腰，桥，放下你的容颜，展开你的微笑，准备让这位过客信任你。假如他的步履摇晃，便要使他沉稳；但假如他举步踌躇，便要让他瞧瞧你是什么东西做的,同时像一位山神一样很快地把他送上对岸。

他来了，他用手杖的铁尖轻轻地敲着我，然后挑起我的外衣下摆，同时把它们好好地覆在我身上。他把手杖的尖端刺进了我凌乱的头发中，而且任它留在里面，久久不抽出来，当他毫无顾忌地审视他的四周时，显然已把我忘掉了，我只是随着他陷入沉思中，于高山之顶，于溪谷之上。但就在此时，他的双足跃上了我的躯体。我痛苦欲裂，我颤抖，我丝毫不知道发生了什么事。这是谁？一个小孩？一个梦？一个旅人？一个自杀者？一个诱惑者？一个毁灭者？于是我便转过身来想要看看他。一座转身的桥——当我尚未完全把身体扭转过来时，我已开始下坠。我坠落了，一瞬间，我被那些尖锐的岩石撕裂，戳穿了，这些山石一向从急奔的滚木中安详地往上凝视着我。

一座僵硬冰冷的桥，横卧在高地深涧上，无人知晓，唯有等待。只要不坠落，一旦跨卧为桥，便无法停止做一座桥。长时间重复无望的等待，在岁月的侵蚀中慢慢耗尽所有的精气。

然而，总会有什么到来，总会有什么出现在那漫长得有点无聊的生命中。当人类的脚步声渐渐临近时，桥表现出“对着我来，对着我来”的期待与激动，它满心欢喜地准备履行桥的使命，它已经为这一刻等待太久太久。这个人是谁？他来此地是干什么的？正如桥的困惑一样：漫长的等待迫使我们总渴望发生什么改变，而改变到来之后又会带来一连串的困惑甚至疼痛；当我们弄清困惑时又会发现一切都已经结束了。

卡夫卡的《桥》文风冷静，语言凝练，却形成了一个意义丰富的世界。这篇作品本身也像一座桥，每个读者通过它时都会被带到不同的方向去。

（刘江凯）

母亲的诗（节选）

［智利］米斯特拉尔

被吻

我被吻之后成了另一个人：由于同我脉搏合拍的脉搏，以及从我气息里察觉的气息，我成了另一个人。如今我的腹部像我的心一般崇高……

我甚至发现我的呼吸里有一丝花香：这都是因为那个像草叶上的露珠一样轻柔地躺在我身体里的小东西的缘故！

他会是什么模样

他会是什么模样？我久久地凝视玫瑰的花瓣，欢愉地抚摸它们；我希望他的小脸蛋像花瓣一样娇艳。我在盘缠交错的黑莓丛中玩耍，因为我希望他的头发也长得这么乌黑卷曲。不过，假如他的皮肤像陶工喜欢的黏土那般黑红，假如他的头发像我的生活那般平直，我也不在乎。

我远眺山谷，雾气笼罩那里的时候，我把雾想象成女孩的侧影，一个十分可爱的女孩，因为也可能是女孩。

但是最要紧的是，我希望他看人的眼神跟那个人一样甜美，声音跟那个人对我说话一样微微颤抖，因为我希望在他身上寄托我对那个吻我的人的爱情。

甜蜜

我怀着的孩子在熟睡，我脚步静悄悄。自从我怀了这个神秘的东西以来，整个心情是虔诚的。

我的声音轻柔，仿佛加上了爱的弱音器，因为我怕惊醒他。

如今我的眼光在人们的脸上寻找内心的痛苦，以便别人看到并了解我脸色苍白的原因。

我小心翼翼地拨动鹌鹑安巢的草丛。我轻手轻脚地走在田野上，我相信树木也有熟睡的孩子，所以低着头在守护他们。

永恒的痛苦

如果他在我身体里受罪，我会苍白失色；我为他隐秘的压迫感到痛苦，我看不到的人稍一活动可能要我的命。

可是你们别以为我只在怀他的时候，才跟他有千丝万缕的联系。当他下地自由行走的时候，即使离我很远，抽打在他身上的风会撕裂我的皮肉，他的呼号会通过我的嗓子喊出。我的哭泣和我的微笑都以你的脸色为转移，我的孩子。

宁静

我已不能在外面走动：我为肥大的腰身和深陷的眼眶觉得害羞。可是把花盆拿到这儿来，放在我身旁，久久地弹奏齐特拉琴：我要在美妙中沉浸。

我对熟睡的他诵读永恒的诗句。我在回廊里一小时一小时地晒太阳。我要像果实一样，酝酿甘美的汁液，让它甜到我心底。我让松林里吹来的风抚拂我的面庞。

阳光和风使我的血液鲜红清洁。为了净化血液，我不让自己憎恨、抱怨，只让自己充满爱情！

我在这种宁谧安静中织成一个奇妙的身体，有血管、面孔、明亮的眼睛和纯洁的心灵。

大地的形象

以前我没有见过大地真正的形象。大地的模样像是一个怀里抱着孩子的女人。（生物偎依在她宽阔的怀抱里。）

我逐渐明白了事物的母性。俯视着我的山岭也是母亲，黄昏时分，薄雾像孩子似的在她肩头和膝前玩耍。

现在我想起了溪谷。溪底的流水给荆棘遮住，还看不见，只听得它潺潺歌唱。我也像溪谷；我觉得细流在我深处歌唱，被我身体的荆棘遮住，还没有见到光亮。

黎明

我折腾了一宿，为了奉献礼物，整整一宿我浑身哆嗦。我额头上全是死亡的汗水；不，不是死亡，是生命！

上帝，为了让他顺顺当当出生，我现在管你叫作无限甜蜜。

出生了吧，我痛苦的呼吸升向黎明，和鸟鸣汇合！

神圣的规律

人们说，经过生育，生命在我身体里受到了削弱，我的血像葡萄汁从压榨机流出；可我只觉得像是吐了一口大气，心头舒畅！

我自问道："我是谁，膝头能有一个孩子？"

我自己回答说：

"一个怀着爱的人，在被吻时，她的爱情要求天长地久。"

大地瞧我怀抱着孩子，为我祝福，因为我像棕榈一样丰饶。

《母亲的诗》是女诗人米斯特拉尔的杰作——也只能是女人的作品。只有女人，只有真正体验了母亲角色的人，才有可能写出如此奇妙而又感人的作品！

本篇从结构上看，以八节的长度概括了母亲神秘、神圣的孕育与生产的过程，以及在这个过程中复杂的内心体验。以内在的视角，深入了一个母亲的心灵世界。“被吻”是写生命孕育的最初一瞬，“他会是什么模样”写对这生命未来的美好想象。接下来，作者描述了自己孕育中那甜蜜的心情，那种无缘由的担心，也体会到了在这个过程中自我心理的变化、对母亲形象的确认等，最后，在痛苦而又喜悦的生产之后，作者对这个过程做了回顾与总结。

它的意义也许不在于对这个过程的展示，而在于对女性在孕育生命的过程中丰富的心灵世界的挖掘与感悟，也许这才是本篇的独特之处吧。孕育着生命的女性，怀着甜蜜的心情，以虔诚的心态，将自我的爱放大，并赋予了世间万物：“我小心翼翼地拨动鹌鹑安巢的草丛。我轻手轻脚地走在田野上，我相信树木也有熟睡的孩子，所以低着头在守护他们。”她内心世界的变化是如此奇妙：“为了净化血液，我不让自己憎恨、抱怨，只让自己充满爱情！”她明白了母亲的职责不仅仅是生育，她必须是奉献的楷模，“大地的模样像是一个怀里抱着孩子的女人”，“我逐渐明白了事物的母性”。最后，作者对这一切做了总结，她问：“我是谁，膝头能有一个孩子？”自答：“一个怀着爱的人……”

至此，我们或许已经明白，这已经不是简单的孕育过程的概括，甚至也不是这一过程中女性内心世界的挖掘与探察，而是对伟大母亲的讴歌与赞颂。正是有了她们的爱，有了她们无私的守护与奉献，才有了生生不息的人类。

（焦红涛）

温泉通信（节选）

〔日本〕川端康成

疑是白羽虫漫天飞舞，却原来是绵绵春雨。

“要是个大好天气，就可以去摘蕨菜啦！”女佣说。

这是四月八日的事。

早樱、木兰，还有各种奇花异卉吐芳争艳，雨蛙也在鸣唱。该是香鱼游访狩野川的季节了吧。去年我问过女佣那餐案上的炸鱼是什么鱼，女佣当场将厨师的信拿了出来。

“给您送来的是香鱼，是秘密。”

这是有人在解除禁令之前偷偷捕来的。那时节，牡丹花早已绽开，今年也许为时尚早吧。

山茶花遍野怒放，呈现一派即将凋谢零落的情景。然而它却是一种非常顽强的花。今年正月伊始，我和在本所帝大福利团体工作的学生去净帘瀑布，途中曾向溪流对岸的花丛频频地投掷石子，想把花朵打落下来。花儿距我们太远，拼命使劲，好不容易才能投掷到那边。然而，四月初再重游此地，只见花朵依然绽开。我和武野藤介两个人又投掷了石子。正月里没有凋谢的花，四月间却纷纷扬扬地飘落下来，顺着溪水流逝。

也许是山的关系，经常降雨。天空忽雨忽晴，变化无常。凌晨二时光景，打开浴室的窗扉，本以为在下雨，谁知外面却是洒满了月光。白色的雾霭腼腆地在溪流上空飘浮。我心想："已是初夏时分啦！"突然又意识到现时是四月初呢。空气清新、枝繁叶茂的山中之夜，再度沐浴在雨和月光中，更令人心旷神怡。

我常常感到雨后月夜格外的美。地藏菩萨节日，点点星火，恍如把灯笼遗忘在田野里一般。我与旅馆的女佣同行，遇上了下雨。归途，月亮出来了，雾霭依然低垂在山谷上。去冬的一天，我和中河与一[①]一家乘马车去吉奈温泉，也是个雨天，后来转晴，也看到月亮和雾霭。

"月亮也在移动呀！"

记得一个夏夜，有人在这家旅馆后面河滩的亭榭里对我说了这么一句。近旁，东京的孩子们挥舞着小焰火，比赛谁划的火圈大。

"说月亮在移动有点特别哩。可每晚坐在同一个地方赏月，就会知道月亮移动的轨迹有所不同。"我抬起手说，"昨晚从这树梢上，前晚从……"

可是，在汤岛看不见一轮大满月，看不见称得上是朝暾初上和夕晖晚照的景象。因为它的东边西边都是重峦叠嶂。早晨，首先是西边的群山披上了阳光的明亮色彩，朝霞的边际从山腰扩展开去，太阳升高了。黄昏时分，东边的山峦披上了晚霞。汤岛的重山，光彩虽然淡薄了，天城山岭却仍然是一片霞红。

要是观赏旭日和夕阳的霞彩，走到街上，仰望远方天边的富士山，则美不胜收。富士山梁上朝日的光辉，也染上斜阳的色彩。

星空也狭窄了。

---

① 中河与一：日本小说家，曾与川端康成一起参加过新感觉派文学运动。

哟——伊沙沙，
哟——伊沙。
孩子们无忧无虑，
喧闹嬉戏。
屋后的竹林，
随风俯仰摇曳。

这是一首乡村小学的儿歌。

竹林用寂寞、体贴、纤细的感情眷恋着阳光，再没有什么东西能比得上它了。这里虽不像京都郊外是千里竹林的景象，但这边的河岸、那边的山腰，稀稀落落地婷立着贫瘠的竹林，其神态另有一番清心悦目的情趣。我经常躺在枯草上凝望着竹林。

观赏竹林，不能从向阳处，而必须从背阳处。还有比竹叶上闪烁着的阳光更美的阳光吗？竹叶和阳光彼此恋慕所闪出的光的戏谑，吸引了我，使我坠入无我的境地。纵令不闪光，阳光透过竹叶所呈现的浅黄透明的亮色，难道不正是令人寂寞、招人喜欢的色彩吗？

我自己的心情，完全变成这竹林的心情了。一个月也没同人说上几句像样的话。心情就像空气一般澄清，完全忘却了敞开或关闭自己的感情和感觉的门扉。

然而，孤单的寂寞不时地向我袭来。我合上眼睛，咬着棉袍的袖子，就嗅到一股温泉的气味。我很喜欢温泉的气味。现在我对这块土地已经非常熟稔，不觉得怎么样了。可是从前我舍弃交通工具走下坡路，快到旅馆就感到有一股温泉的气味，泪珠便扑扑簌簌地滚落下来。我换上旅馆的衣服之后，用鼻子嗅了嗅袖子，深深吸了一口它的气味。不仅在这里如此，我在各处温泉镇都嗅到了各种不同的温泉气味。

“我一直登到那座山的顶峰哪。”

我站在下田街道上，朋友们一来，我就一定指着那钵洼山这样说。那座山屹立在从下田街道快走到天城地方，再爬约莫三千二百多米的山坡才能达到山之巅。因此，从这个村庄眺望，山显得非常的高，它好像一个倒扣的钵，满山遍野都是草。花了四十分钟，才爬到接近顶峰的地方。从山麓看上去，枯草显得很可爱；可登上去一看，却是一丛丛没胸高的芒草。突然间，五六个割草的汉子从草丛中爬了出来，惊异地望着我。连我自己也觉得自己爬山是一件不可思议的事。我旋即下了山。这是沉寂的去冬岁暮的事。

前些时候，我和武野藤介也登上了后边那座枯草山。看似慢坡的斜面，才爬上去就发现非常陡峭。望望几乎要滑落的脚，然后把视线移向山谷对面的山腰，不禁感到那边松林的树梢像是一股极其可怕的力量，向我逼将过来。上山倒很顺当，可一下山，胆小的藤介就站住迈不开脚步了。

我恍如这时候的杉林一样，面对着重山、天空和溪流，我的直观时不时地猛然打开了我的心扉。我吃惊，伫立在那里，只觉得自己已经溶化在大自然之中。枝头上低垂的花，我感到深邃的静谧，看得入迷。我发现白花太劳顿了，仿佛有一种病态。

……

“难道所谓孤独就像猫儿的体臭吗？”

猫儿蓦地从我膝上站起来，神经质地把壁龛的柱子都挠破了。

一个村庄是否只能有一只猫和一只狗呢？要是这样，这只猫和狗就见不着别的猫和狗而死去了。

一条新路建成了。这条路在汤岛的嵯峨泽桥附近。从下田街道拐向世古瀑布那边，一直延伸到伊豆西海岸的松崎港。狭窄的松崎街变得宽阔了。路，一直修到世古的对面。

四月六日，庆祝新路落成。一群参观安来节的旅游者在别墅庭院里唱起歌来。

庆祝日之前，春雨绵绵，今天却晴空万里。四月十三日那天，树干、树叶、屋顶、花儿、溪流，一处处的风物都承受着阳光的沐浴，灿烂夺目，艳美极了。

温婉的语调，内敛的情感，行文中有我们熟悉的东方情调，这是许多日本作家留给我们的印象。川端康成这篇《温泉通信》也一样，在平和的叙述中似乎不经意地展现着他的发现。

作者开篇就写道："疑是白羽虫漫天飞舞，却原来是绵绵春雨。"然后由女佣的一句话引出去年四月的一段回忆，再由奇花异卉吐芳争艳联想到今年正月赴外旅游经历的有趣情景。我们发现，作者的描写表面上似乎非常随意，跳跃性很大，但仔细分析却依然是有迹可循的。这种独特的写作手法在下文中同样存在。如开篇出现的反差和意外景象一样，作者还注意到了正月没有凋谢的花却在四月随水漂流，意象"重复"或"再现"，是本文比较突出的一种结构方法。如本以为在下雨，却是洒满了月光，而雨和月在下文中又起到了结构文章的作用。

总之，我们发现，作者在改换描写对象时，并不是完全没有缘由地突然跳开，而总是由前文中的某一点触发，然后再过渡到下一个描写情景。比如作者由"雨"想到了几件往事，由"月"更是非常自由地拓展了自己描写的空间，他联想到旭日和夕阳的霞彩，星空。而"孩子"又连缀了东京和乡村，引出了竹林。当然，我们不应该完全生硬地去寻找这样一种关系。比如作者写"温泉"那一部分跳跃性就比较大，虽然也有一些痕迹表明它们并非突兀地出现，但生活的经验告诉我们：我们有时候会没来由地突然想到其他的事情。那么文学作为心灵的表白，为什么不能也这样表现一下呢？想到这儿，似乎任何跳跃又都变成了可以理解的现象了。

赏月，观竹，登山远望，闭目嗅泉，一个人住在旅馆……作者享受着一种不紧不慢的生活，在随意和懒散中品味人生，没有故作深沉的感慨，只是平凡朴素的记录。但我们却在这些文字中感受到一份内心的宁静与平和，它慢慢地吸走我们内心的焦虑，让我们的视野变得空旷和宽阔。

本篇行文在结构上显得相当自在，正如一颗旅人的心，在随意之中透露出一份洒脱。日本作为一个深受中国文化影响的国家，其文人情趣也同样表现出我们熟悉的风格，同时又保留着自己民族鲜明的特色。比如作者在本篇中既有散漫的情调，也有精细的感受，让我们欣赏到一种既熟悉又陌生的美。

（刘江凯）

爱

〔智利〕聂鲁达

在百花盛开的花园里，为了你的缘故，春天的芳香使我发疼。

我已经忘掉你的脸，我已经记不起你的手；你的唇在我的唇上是什么感觉。

为了你的缘故，我爱上公园里打瞌睡的白色雕像，没有声音没有目光的雕像。

我已经忘记你的声音；我已经忘记你的眼睛。

关于你的模糊记忆缠住我，犹如香气缠住花。我忍痛生活，痛楚像伤口；假如你碰触我，对我会造成不能补救的伤害。

你用爱抚包裹我，像蔓藤包裹忧郁的墙。

我已经忘记你的爱，而我似乎仍然在所有的窗口瞥见你。

为了你的缘故，夏天强烈的香气使我痛苦；为了你的缘故，我再度找寻猛然抛下欲望的符号：流星，下坠的物体。

这里所写的，是对流逝爱情的痛苦记忆。

无可否认，岁月的力量是可怕的，清晰的记忆会渐渐地模糊，正如诗中所说的，在某一段时间，作者已经不能清晰地回忆起爱人的眼睛、声音，甚至爱本身。

但是，伟大的爱情具有持久而坚韧的品格，正如野草，岁月只能暂时地使地面的枝叶枯萎衰败，而地下的根茎，随时都会被催发萌动，抽出新绿。“为了你的缘故，春天的芳香使我发疼”，春天的芳香是记忆的催生素。万物复苏季节，爱情最易萌动，虽然斯人已逝，但记忆正慢慢苏醒，对于作者，正如老旧的伤口绽开了新伤！古诗中写道：“去年今日此门中，人面桃花相映红。人面不知何处去，桃花依旧笑春风。”这里叙述的是淡淡的惆怅，是游丝一样的寂寞，除了触景生情相同之外，情绪的差异也是明显的。聂鲁达写出的是深刻的痛楚。

在与岁月的较量中，爱情依然占着上风。这爱情带来的不是甜蜜，而是生命的沉重，作者说：“为了你的缘故，我再度找寻猛然抛下欲望的符号：流星，下坠的物体。”

（焦红涛）

图书在版编目（CIP）数据

精美散文诗最新读本 / 王兆胜，张清华，李敏主编. —济南：山东友谊出版社，2016.4

ISBN 978-7-5516-1036-0

Ⅰ. ①精… Ⅱ. ①王… ②张… ③李… Ⅲ. ①散文诗－诗集－中国－当代 Ⅳ. ①I227

中国版本图书馆CIP数据核字（2016）第072319号

主管单位：山东出版传媒股份有限公司

出版发行：山东友谊出版社

地　　址：济南市英雄山路189号　　邮政编码：250002

电　　话：出版管理部（0531）82098756

　　　　　市场营销部（0531）82098035（传真）

印　　刷：山东临沂新华印刷物流集团

版　　次：2016年4月第1版

印　　次：2016年4月第1次印刷

规　　格：170mm × 240mm

印　　张：10

字　　数：130千

定　　价：20.00元
